in love

Camille Brissot

Le vent te prendra

RAGEOT

À Daniel, Cécile, Sarah et Clémence.
Les histoires de famille
peuvent aussi être tranquilles et joyeuses.

Cet ouvrage a été imprimé sur un papier
issu de forêts gérées durablement,
de sources contrôlées.

Couverture : © indukas - Fotolia.com.

ISBN : 978-2-7002-4284-3

Locke

Cette ville est incroyable. Jamais je n'aurais pensé qu'il puisse exister dans le monde pareil endroit, enveloppé de brumes et de mystères, replié sur lui-même... J'en viens à me demander si Crosswind n'a pas été créée pour mon esprit tourmenté! Ces vents terribles, qui s'infiltrent dans chaque rue, qui s'enroulent autour des tours et des êtres, sont comme le spleen qui me ronge depuis des mois : une bise glaciale qui pousse et pousse encore, jusqu'à finir par atteindre les endroits qui lui résistent toujours. Oui, il semblerait bien que ma mélancolie ait trouvé ici un environnement qui lui convienne!

Plus mystérieux que la ville, il y a cet homme qui possède l'appartement où je viens de m'installer. Impossible de mentionner son nom sur ces pages. Les chances qu'il me lise un jour sont sans doute infimes, mais je n'ai aucune envie de me brouiller avec lui – qui voudrait froisser son propriétaire?

Appelons-le Heathcliff, comme ce sombre personnage tout droit sorti d'un vieux roman anglais. J'ai pensé à lui sitôt que j'ai vu mon logeur.

Un peu plus tôt dans l'après-midi, je me suis en effet décidé à rendre visite à cet homme, dont je ne connaissais jusqu'alors que la voix. Un immense sentiment d'ennui a transparu dans ses yeux noirs lorsque ayant ouvert la porte, il m'a découvert sur le palier.

Je l'ai détaillé un instant. Cheveux et peau bruns, nez aquilin... Les arêtes de ses pommettes saillaient, donnant à son visage une sévérité que rien dans son attitude n'adoucissait. Il portait une veste de flanelle grise à la coupe parfaite, sous laquelle on pouvait entrevoir un gilet en soie. Ses mains ont disparu dans les poches de son pantalon lorsque je me suis présenté.

— Monsieur Heathcliff ? Je suis Locke Wood, votre nouveau locataire à Ponden Tower. Pardonnez-moi cette visite, mais j'étais curieux de vous rencontrer enfin...

— Vraiment ? a-t-il persiflé.

— Crosswind est une ville étonnante. Difficile à appréhender pour un étranger... D'autant que le climat ne facilite pas la vie sociale. Quand j'ai vu que le ciel se dégageait ce matin, je me suis décidé à descendre de ma tour pour vous rendre visite.

— Excellente idée, a répondu Heathcliff. Entrez.

Il ne pouvait pas y avoir moins de chaleur dans une invitation. Il s'est tout de même écarté et j'ai passé le seuil de la porte.

Un immense salon s'ouvrait là, dont la froide modernité contrastait avec l'allure de dandy du maître des lieux. Le mobilier était rare. Une table en plexiglas occupait un coin de la pièce et deux fauteuils tendus de velours beige faisaient face à la cheminée, énorme cube de métal et de verre au fond duquel ronflait un feu d'enfer. Les flammes se reflétaient sur les canons ternis d'une rangée d'armes anciennes accrochées au mur et projetaient des reflets furtifs sur les baies vitrées. Plus loin, un escalier d'acier menait à l'étage.

— Gibus ! a appelé Heathcliff.

Je ne m'attendais pas à ce que mon propriétaire ait des domestiques. Il était certes connu dans la ville pour sa fortune, mais son avarice aussi était légendaire... Un bonhomme est descendu du premier étage, faisant crisser les marches. C'était un nain au visage raviné par le temps. Il portait une épaisse chemise bleue qui avait été maladroitement raccourcie.

— Apportez-nous donc à boire, lui a ordonné Heathcliff.

L'autre a levé les yeux vers moi. Ses lèvres remuaient sans qu'un mot en sorte. Il a fini par disparaître dans un couloir que l'escalier m'avait dissimulé jusque-là.

Je me suis approché de la baie vitrée. Les nuages qui menaçaient Crosswind depuis plusieurs jours s'en étaient allés, mais le ciel n'était pas bleu pour autant. Il faut croire que le soleil n'est ici qu'un visiteur occasionnel. Quelques écharpes de brume restaient accrochées aux silhouettes des immeubles et aux passerelles délicatement ouvragées qui reliaient la plupart des tours.

Heathcliff possédait la tour de Withens Top, au sommet de laquelle il avait élu domicile. Le bâtiment avait dû être magnifique jadis. Cependant, il était singulièrement mal entretenu. Les vitres des premiers étages étaient brisées, laissant entrevoir des pièces désertes, et je n'avais pas été très rassuré au moment de monter dans l'unique ascenseur qui fonctionnait encore. Je me demandais où étaient passés les gens qui avaient dû habiter là. Ponden Tower était si différente... Se dressant face à Withens Top, seule à pouvoir égaler sa hauteur, la tour était un lieu de luxe et de chaleur. Et elle aussi appartenait à Heathcliff.

Vraiment, il m'était impossible de comprendre cet homme. Pourquoi avait-il fait le choix de vivre dans une tour délabrée alors qu'il possédait un havre de bien-être à quelques pas ?

J'ai perçu le tintement de bouteilles s'entrechoquant, provenant de ce que j'ai supposé être la cuisine. Heathcliff s'était éclipsé. Je me suis approché de la cheminée, tendant mes paumes vers le feu pour les réchauffer. Au passage, j'ai remarqué des lettres, malhabilement gravées sur le flanc gauche du foyer. BRANWELL WITHENS. De qui s'agissait-il ? Un nouveau bruit m'a empêché de m'attarder davantage sur cette découverte.

C'était un cri d'oiseau.

Un busard énorme venait de se poser sur le dossier d'un fauteuil et me fixait de ses yeux jaunes. J'ai levé la tête, comprenant du même coup d'où il venait.

Une dizaine d'oiseaux étaient perchés sur les rambardes du palier, trois mètres plus haut.

J'ai eu un brusque mouvement de recul, et plusieurs oiseaux ont pris leur envol, tournoyant dans la pièce en poussant des cris stridents.

— Si vous ne les touchez pas, ils ne vous feront rien, a lancé Heathcliff, surgissant derrière moi. Mes fend-la-bise n'ont pas l'habitude d'avoir de la compagnie. Gibus !

Il a de nouveau quitté la pièce, à la recherche du nain. Je me sentais de plus en plus mal à l'aise avec cet oiseau, ce fend-la-bise, comme Heathcliff l'avait appelé, qui m'observait sans ciller... Ne sachant que faire, je lui ai envoyé une série de grimaces.

Mauvaise idée !

Soudain excité, le busard a déployé ses longues ailes brunes pour me foncer dessus, aussitôt imité par ses compagnons. Je suis parvenu à me réfugier sous la table pour leur échapper. Il faut croire que mes cris n'avaient pas impressionné Heathcliff, car il a pris son temps pour revenir... Heureusement, une silhouette a bientôt surgi devant moi pour disperser les oiseaux d'une volée de jurons bien sentis. Quittant mon abri, j'ai découvert une jeune femme vêtue d'un tablier. Un chignon retenait ses épais cheveux noirs sur sa nuque.

— Il ne faut jamais laisser les fend-la-bise sentir votre peur, sinon ils deviennent fous. Je m'appelle Violette, a-t-elle ajouté. Je suis la cuisinière de monsieur Heathcliff.

L'intéressé est arrivé au moment où elle prononçait son nom.

— Eh bien, que se passe-t-il ? a-t-il questionné en se contentant de hausser un sourcil. Je vous avais pourtant prévenu, au sujet de mes oiseaux !

— C'est la première fois que je vois des rapaces aussi gros et agressifs ! me suis-je défendu. Et vous les laissez en liberté dans votre salon ?

— Si vous aviez daigné vous renseigner au sujet des us et coutumes des habitants de cette ville, vous auriez appris que les fend-la-bise deviennent des compagnons appréciables lorsque advient la saison des tempêtes, a répondu Heathcliff avec emphase. Eux seuls sont capables de braver les vents de Crosswind pour porter les messages de leurs propriétaires de tour en tour. Comment communiquerez-vous avec l'extérieur lorsque l'électricité sera coupée, qu'il n'y aura plus ni téléphone ni Internet, et que vous vous retrouverez coincé pour des semaines entières à la cime de Ponden Tower ? Ne me dites pas que vous n'aviez pas songé à ce détail avant de vous joindre à nous ! a-t-il ajouté avec un demi-sourire.

Un regain d'agacement m'a envahi. Il me prenait pour un enfant gâté et idiot, venu à Crosswind en quête d'aventures... Il ne savait rien de mon besoin d'isolement, rien de ce qui m'avait poussé à me réfugier dans sa ville.

Heathcliff s'est vite rendu compte qu'il m'avait froissé.

— Allons, monsieur Wood, vous avez l'air troublé. Un peu de vin vous fera du bien. Gibus ? a-t-il sèchement appelé, forçant le nain à sortir de la cuisine où il s'était réfugié.

La bouche de ce dernier continuait à s'agiter, de plus en plus vivement, comme s'il prononçait un chapelet d'imprécations silencieuses.

— Les visiteurs se font rares, a repris Heathcliff. Fut un temps où cette ville était plus vivante... Mais il faut croire que mes oiseaux et moi avons laissé notre sens de l'hospitalité se ternir. À la vôtre, monsieur Wood !

Quelques minutes plus tard, nous trinquions ensemble. L'incident des fend-la-bise était oublié, Heathcliff s'est animé et nous nous sommes lancés dans une intéressante discussion sur l'histoire de Crosswind.

Heathcliff...

Étrange homme, face auquel j'ai l'impression déconcertante d'être de bonne compagnie. Je me prends à tenter d'imaginer ce qu'un tel esprit peut dissimuler, je sens palpiter, à la lisière de mes pensées, les débuts d'une histoire que je devine sombre... Moi qui étais venu retrouver l'inspiration à Crosswind, se pourrait-il que je sois sur la bonne piste ?

Locke

Les passerelles attisaient ma curiosité depuis le jour où je m'étais installé à Ponden Tower.

Un escalier métallique s'enroulait autour du corps massif de la tour, grimpant jusqu'à son sommet et formant à chaque étage un large palier circulaire. Les passerelles naissaient sur ces paliers. Fines ossatures de métal brillant, parfois peintes en bleu ou en noir, elles s'élançaient dans le vide jusqu'à toucher les tours voisines, créant ainsi un réseau aérien qui couvrait une bonne partie de la ville.

D'après ce que l'on m'avait expliqué, les bâtisseurs de Crosswind les avaient imaginées comme une réponse à la neige qui, trop souvent, s'amoncelait en couches épaisses dans les rues et paralysait la cité. Dans les hauteurs, le vent était assez puissant pour l'empêcher de se déposer sur les passerelles, et les habitants pouvaient alors continuer de se déplacer d'un bâtiment à l'autre.

Je ne trouvais pas cette idée spécialement rassurante : les passerelles paraissaient si frêles ! Sans compter que, si la plupart d'entre elles étaient tubulaires, d'autres n'étaient protégées que par de simples rambardes ouvragées. À moins d'avancer en rampant, la traversée devait être périlleuse.

Le lendemain de ma visite à Heathcliff, je me suis décidé à les examiner de plus près. J'avais dans l'idée de prendre une série de photos de la ville vue d'en haut pour les envoyer à mes amis. J'ai fait coulisser un pan de la baie vitrée de mon appartement.

Un souffle glacé s'est aussitôt engouffré dans la pièce et une liasse de papiers abandonnée a volé sur mon bureau. Je me suis hâté de sortir et de refermer derrière moi.

Deux passerelles partaient de mon étage. La première courait dans le ciel sur une centaine de mètres, jusqu'à toucher la tour Halifax, un building aux verrières encadrées de briques rouges. La deuxième, une dentelle de métal noire, conduisait à Withens Top.

De l'endroit où je me trouvais, j'apercevais les fenêtres de l'appartement de Heathcliff. Une lumière brillait à l'intérieur.

Le souvenir de mon ombrageux voisin m'a d'abord laissé songeur. Puis j'ai eu un regard pour les nuages qui roulaient au-dessus de ma tête, de plus en plus sombres, et je me suis engagé sur la passerelle.

Trois pas plus tard, cependant, je me suis senti mal.

J'étais à une hauteur vertigineuse et il suffisait que je baisse les yeux pour apercevoir la rue en contrebas, entre les entrelacs de fer. J'ai inspiré un grand coup avant de reprendre ma progression. Était-ce un effet de mon imagination, ou bien le vent avait-il vraiment forci? Une rafale plus violente que les autres m'a projeté en avant. Je me suis dépêché de traverser la passerelle, mettant enfin les pieds sur la mince terrasse qui cerclait la cime de la tour.

Un feu brûlait dans la monumentale cheminée. Un moment, j'ai cru que la pièce était vide... Puis j'ai remarqué qu'une jeune fille dont la blondeur accrochait les reflets du feu était assise dans l'un des fauteuils tendus de velours, face à l'âtre. J'ai toqué à la fenêtre. La fille a bondi sur ses pieds en me découvrant et a aussitôt disparu dans le couloir menant à la cuisine. Je l'avais effrayée! C'était idiot de ma part, car le vent était maintenant trop fort pour que je fasse demi-tour. Un rideau de neige s'est abattu sur la ville au même moment.

Heureusement, un jeune homme au visage fermé, aux cheveux coupés ras et à la barbe roussie, est bientôt venu m'ouvrir.

— Vous êtes le type de Ponden Tower? m'a-t-il demandé.

Il portait un jean sale à faire peur, ainsi qu'une veste doublée de peau de mouton jaunie.

— Locke Wood, me suis-je présenté. Monsieur Heathcliff est-il là?

— Pas encore rentré, a-t-il répondu d'un ton bourru.

Il aurait visiblement préféré me laisser dehors. Mais la tempête a enflé dans un rugissement aigu et nous nous sommes vite réfugiés à l'intérieur. La chaleur du feu était bienvenue. J'avais l'impression d'être gelé jusqu'à l'os.

La jeune fille avait repris sa place dans le fauteuil. Elle ne m'a pas répondu lorsque je l'ai saluée, se contentant de me décocher un regard aussi froid que le vent qui sifflait à l'extérieur. Quelques minutes plus tard, c'était comme si elle avait oublié ma présence.

Mais il y en avait au moins un qui ne m'ignorait pas. Le busard de la veille était toujours là, posé sur la rambarde de l'escalier. Il a poussé un cri strident lorsque je suis entré, gonflant son plumage d'une façon menaçante.

— Paix! est intervenu le jeune homme en tendant le bras.

Il avait assorti son ordre d'un claquement de langue. Le fend-la-bise a aussitôt pris son envol pour venir se poser sur son bras.

Soudain, les lampes du salon ont grésillé avant de s'éteindre dans un claquement sonore. J'ai été le seul à sursauter. Même l'oiseau n'avait pas bronché.

La fille s'est tranquillement levée de son fauteuil. Caché dans l'ombre de la cheminée, il y avait un vieux coffre en bois bardé de métal, duquel elle a tiré une dizaine de bougies. Je l'ai observée tandis qu'elle les allumait une par une. Leur lumière tremblotante éclairait son visage, le révélant sous un angle nouveau. J'ai été frappé par la délicatesse de ses traits. Elle avait le front haut, encadré de mèches blondes qui ondulaient librement, de grands yeux en amande et un cou gracile.

Comment une fille aussi jolie pouvait-elle être aussi froide et désagréable ? J'étais sur le point de lui demander son prénom quand Heathcliff est arrivé.

— Tiens, tiens ! s'est-il exclamé en me découvrant dans son salon. Encore vous.

Un peu de neige blanchissait les épaules de son manteau et il était essoufflé, ayant probablement dû terminer son ascension à pied.

— Je me suis bêtement laissé surprendre par la tempête alors que je traversais la passerelle pour vous rendre visite, ai-je expliqué. J'espère que vous m'autoriserez à rester parmi vous une demi-heure, le temps qu'elle se calme...

— Une demi-heure ? a-t-il répété. À l'avenir, apprenez à prêter attention au ciel avant de sortir, monsieur Wood. Ici, les tempêtes ne durent *jamais* une demi-heure.

Il disait vrai. L'obscurité était précocement tombée sur la ville. L'averse de neige avait redoublé d'intensité, si bien que la passerelle semblait s'estomper à mi-chemin pour disparaître dans le vide.

Derrière moi, j'ai entendu le jeune homme à la barbe rousse marmonner.

— Ça veut dire qu'il va rester manger avec nous ? a-t-il fini par demander à Heathcliff, me désignant sans la moindre gêne.

Ce dernier a hoché la tête d'un air distrait. Puis, comme la fille ne bougeait pas, Heathcliff s'est brusquement tourné vers elle, s'écriant d'un ton assez mauvais pour me faire sursauter :

— Tu as entendu ?

Ses pommettes se sont empourprées, mais elle s'est levée et a dressé la table.

Heathcliff s'est aussitôt installé, m'invitant à l'imiter. À sa droite, le jeune homme s'était affalé sur un siège. J'ai observé ces deux personnages en m'interrogeant sur le lien qui les unissait. Père et fils ? Il y avait chez le plus jeune quelque chose de fruste, de brutal, qui ne ressemblait pas à Heathcliff.

Ayant terminé sa tâche, la jeune fille a disparu du côté de la cuisine. Mon regard s'est accroché un instant à sa silhouette... Puis j'ai cédé à la curiosité et j'ai demandé à Heathcliff :

— Nous n'avons pas été présentés. Est-ce votre fille ?

Mon logeur m'a observé un instant avant de répondre d'une voix où ne perçait pas la moindre chaleur :

— Nièce. C'est, paraît-il, son amour pour mon fils qui l'a amenée parmi nous.

— Oh, alors vous...

Je m'étais tourné vers son voisin, mais Heathcliff a éclaté de rire.

— Lui ? a-t-il fait. Mon fils ? Allons bon, monsieur Wood, regardez-nous bien. Regardez-le, *lui*!

Le retour de la jeune fille m'a évité d'avoir à m'exprimer. Violette, la cuisinière qui m'avait sauvé des fend-la-bise la veille, l'accompagnait, un plat entre les mains.

— Non, a repris Heathcliff. Mon unique fils et héritier est mort peu après l'arrivée de cette chère Eleanor. Dire qu'elle était supposée veiller sur lui... On pourrait y voir un lien de cause à effet, n'est-ce pas ?

L'intéressée s'est redressée, ivre de rage, et lorsque leurs regards se sont croisés, tous les autres occupants de la pièce – moi compris – ont eu un mouvement de recul. Un affrontement terrible se jouait là, je le devinais sans peine. Eleanor a finalement baissé les yeux puis a lâché, cinglante :

— Paix à son âme. C'est ce qu'on est censé dire, non ?

Heathcliff a émis un petit ricanement.

J'étais figé sur ma chaise, les yeux rivés à mon assiette vide. Que faisais-je dans cette maison de fous furieux ? Je ne m'étais jamais senti aussi mal à l'aise de ma vie !

— Et puisqu'il faut apparemment satisfaire votre curiosité, monsieur Wood, a ajouté Heathcliff, sachez que ce bonhomme-là s'appelle Branwell et que nous ne partageons rien d'autre que ce toit. Concours de circonstances, dirons-nous...

— Branwell *Withens*, a précisé le jeune homme en insistant sur son nom, comme s'il essayait de faire passer un message.

Je me suis contenté de hocher la tête, et le repas s'est déroulé dans un silence pesant. J'attendais avec impatience que ce moment éprouvant s'achève. Au-dehors, cependant, la neige passait en tourbillons denses, chahutée par le vent qui venait, semblait-il, de toutes les directions. La passerelle était devenue invisible.

Eleanor avait suivi mon regard et remarqué mon inquiétude grandissante.

— Il n'y aura pas d'accalmie avant demain matin, a-t-elle dit.

— Demain matin ? me suis-je écrié. Comment vais-je rentrer chez moi ?

Elle a haussé les épaules, avant de reprendre sa place auprès du feu.

— Cela vous servira de leçon, a déclaré Heathcliff. Vous n'êtes plus à Londres, monsieur Wood. Ici, nous réfléchissons avant de mettre un pied dehors. Je vous proposerais bien de passer la nuit chez moi, mais je n'ai pas de place pour accueillir un visiteur. À moins que Branwell et Gibus ne vous acceptent dans leur chambre...

— Et puis quoi encore ? a sifflé Branwell.

J'ai senti la colère monter en voyant Heathcliff sourire à cette dernière réplique. Sans un mot, je me suis détourné, faisant coulisser la baie vitrée pour sortir de l'appartement.

Les hurlements de la tempête ont aussitôt emporté les voix des habitants de Withens Top. J'ai posé un pied sur la passerelle, les mains fermement agrippées aux garde-corps. La visibilité était de moins d'un mètre et, en dépit du vent, une fine couche de neige avait réussi à se déposer sur le sol pour former une croûte glissante.

J'ai perdu l'équilibre au troisième pas, chutant avec un grand cri. Mon pied était passé au travers d'un cercle ciselé dans la dentelle de métal, raclant la peau de mon genou, et ma jambe entière battait dans le vide, m'empêchant de me dégager. Le rire de Heathcliff, flottant jusqu'à moi depuis le salon, n'a fait qu'accentuer mon humiliation.

J'aurais pu rester longtemps dans cette position si quelqu'un ne m'avait finalement attrapé par l'épaule pour me tirer en arrière tout en s'exclamant d'une voix outrée :

— Vous êtes fous ou quoi ? Vous comptiez le laisser geler là ? Allez, venez avec moi, a ajouté Violette. Vous ne pouvez pas rester dehors, il faut vous réchauffer !

Ma jambe me lançait douloureusement et mon corps était glacé. Dépassant Heathcliff qui avait cessé de rire, je l'ai suivie.

Locke

Une demi-heure plus tard, après m'avoir remis d'aplomb avec un grog brûlant, ma guide m'a entraîné dans les escaliers, vers une partie de l'appartement que je ne connaissais pas encore. Heathcliff, Branwell et Eleanor avaient disparu, il n'y avait plus un bruit. Nous avons traversé un long couloir blanc, sans ornement, puis Violette s'est arrêtée devant la dernière porte et a murmuré :

— Le patron croit que je vous ai installé dans la cuisine. Il serait furieux s'il vous trouvait là, il ne supporte pas que quiconque pénètre dans cette chambre. Débrouillez-vous pour que l'on ne vous remarque pas !

J'étais trop hébété pour lui en demander la raison. Elle m'a tendu sa bougie avant de refermer derrière moi.

La chambre en question était meublée strictement : une vieille commode en bois noir occupait un angle, surmontée d'une lampe et d'une pile de livres poussiéreux. Il y avait également un lit superposé.

Je me suis approché de la baie vitrée. Dehors, la nuit avait englouti Crosswind et le vent hurlait, tel un chœur de voix aiguës, jusqu'à ébranler la vitre. J'ai fini par m'allonger sur le petit lit, envahi par un abattement profond. Qu'est-ce que je faisais ici, seul dans cette chambre sinistre et froide ? La tempête redoublait d'efforts pour m'empêcher de m'endormir, mon corps tremblait, sans que je puisse le contrôler... Je me suis retourné, heurtant de la tête l'échelle qui montait à la couchette supérieure.

C'est alors que ma main a effleuré quelque chose entre le mur et le bois du lit. Je me suis redressé, poussé par une curieuse intuition, et j'ai glissé la main dans l'interstice pour en retirer un carnet à la couverture bleue. Il devait être resté là longtemps, car la tranche était couverte d'une épaisse couche de poussière. Un minuscule cadenas protégeait son contenu.

En temps normal, je l'aurais remis à sa place et je l'aurais oublié... Mais rien ne semblait normal ici. Une pointe de culpabilité m'a traversé quand j'ai posé le carnet au sol pour écraser le cadenas d'un coup de talon. Puis j'ai approché la bougie et commencé à le feuilleter. C'était le journal intime d'une certaine Anna Withens.

« *Je déteste Ellis, je le déteste, je le déteste !* ai-je lu au hasard. *Pourquoi est-ce que papa nous a abandonnés ? Pourquoi l'a-t-il laissé prendre les commandes de la famille ? Pas un jour où il ne frappe Heathcliff, sous le regard approbateur de cet affreux nain et les applaudissements de son idiote de femme ! Constance par-ci, Constance par-là, et qu'ils s'embrassent pendant des heures en débitant des* niaiseries, et qu'ils gloussent dans les couloirs... Il faut que nous partions, Heathcliff et moi. C'est le seul moyen pour échapper à Ellis. »

Sur la page suivante, l'encre était estompée en plusieurs endroits, comme si des larmes avaient roulé sur le papier. « Comment peut-il faire ça ? écrivait Anna. Comment peut-il forcer Heathcliff à quitter notre appartement pour vivre en bas, avec les ouvriers des mines ? Pourquoi lui a-t-il interdit d'aller en cours et de jouer avec moi ? Je n'arrête pas de pleurer. Cette nuit, je suis montée sur le toit pendant la tempête, et j'ai appelé le Vent Gris de toutes mes forces. Pourvu qu'il m'entende, pourvu qu'il revienne et qu'il emporte Ellis ! » Mes paupières papillonnaient sous le poids de la fatigue. J'ai replacé le carnet où je l'avais trouvé, puis je me suis allongé.

J'ai commencé à rêver sitôt mes yeux fermés. J'étais entouré d'une foule qui me fixait d'un air hostile. Tous tenaient un livre entre les mains, sur la couverture duquel était imprimé le portrait d'un homme aux traits familiers. C'était... moi ! J'ai reculé, prêt à m'enfuir, sentant une panique grandissante m'envahir, mais je me suis heurté à quelqu'un.

Gibus.

Lui aussi portait un livre. Je le lui ai arraché pour l'ouvrir, découvrant alors que les pages étaient vierges. La foule s'est mise à gronder.

— Qu'est-ce qu'un écrivain qui n'écrit pas ? s'est exclamé le nain.

— Un bon à rien ! a rugi son voisin.

— Un inutile !

— Un parasite !

La foule se refermait sur moi, criant de plus en plus fort, tout en m'assénant des coups de livre dans le dos, dans les côtes. Je bégayais, je tentais de leur expliquer qu'il s'agissait d'une erreur et que je recommencerais bientôt à écrire... Chacun de mes mots faisait redoubler leur fureur. J'ai aperçu des visages connus dans l'assemblée : des éditeurs qui avaient l'habitude de m'inviter à déjeuner et de me couvrir de louanges, des amis... Le mépris que je lisais dans leurs yeux m'a bouleversé. Je n'étais plus des leurs. Je n'étais plus personne. La photo est devenue de plus en plus floue sur les couvertures des livres qui s'abattaient sur moi. Puis tout à coup, une explosion a retenti, suivie d'un mugissement féroce.

Je me suis réveillé en sursaut, la nuque mouillée de sueur. Un souffle froid caressait mon cou. Le vent cinglait la fenêtre et la bougie que j'avais posée sur le chevet produisait une lumière tremblotante, comme chahutée par un courant d'air. J'ai hésité un moment, puis je me suis levé, décidé à en trouver l'origine. La baie vitrée était brisée, quelques centimètres au-dessus du sol. Le verre s'étoilait autour d'un trou circulaire, comme si l'on avait jeté une pierre de l'extérieur. Des flocons de neige s'étaient déposés sur le parquet.

Étrange.

J'étais certain que la vitre était intacte lorsque je m'étais couché. J'ai saisi quelques livres sur la commode dans l'idée de les entasser devant le trou pour le boucher.

Une main a surgi pour attraper ma jambe au moment où je m'agenouillais. J'ai bondi, hurlant sous ce contact glacé... La main ne me lâchait pas! De petits doigts blancs serraient mon mollet, et je le sentais s'engourdir à une vitesse terrifiante.

— Laissez-moi entrer! a chuchoté une voix qui ressemblait au gémissement du vent.

Et j'ai vu la figure pâle d'une jeune fille collée contre la vitre. Sa peau était translucide, ses lèvres et ses paupières bleues, une couche de neige givrait ses cheveux noirs.

— S'il vous plaît, laissez-moi rentrer chez moi! Le vent m'avait emportée si loin...

La voix du fantôme contenait une mélancolie infinie, une mélancolie qui me contaminait, coulait en moi et refroidissait mon sang.

— Qui êtes-vous? ai-je murmuré.

— Anna, a-t-elle répondu. Anna Withens. Je vous en prie, ouvrez-moi avant que le vent me prenne pour toujours!

Mes membres étaient de plus en plus lourds. Comprenant qu'elle était en train de me tuer, j'ai eu un brusque sursaut. Il fallait que je me dégage!

J'ai attrapé son frêle poignet et l'ai frotté sans pitié sur la vitre brisée. Du sang s'est écoulé sur le sol, teintant la neige de rouge, mais son étreinte ne se relâchait pas! Alors j'ai attrapé un livre et j'ai commencé à frapper la petite main du fantôme, à frapper... jusqu'à ce que son avantbras se torde avec un bruit affreux et que je puisse enfin me libérer. J'ai bondi en arrière et suis retombé sur le lit, le cœur battant.

Des pas rapides ont bientôt brisé le silence de la nuit. La porte de la chambre s'est ouverte et la lumière d'une bougie a filtré dans la pièce.

Je tremblais encore. Sur le palier, une silhouette paraissait hésiter.

— Est-ce qu'il y a quelqu'un ?

C'était Heathcliff, bien sûr. Je n'avais pas le courage de rester dans l'ombre plus longtemps et je me suis levé.

— Ce n'est que moi. Locke.

Il a sursauté si fort que sa bougie a failli lui échapper. Le visage aussi blême que celui du fantôme, il a lâché une bordée d'injures.

— Je suis désolé, ai-je bafouillé. J'ai fait un cauchemar et...

— Qui vous a amené ici ? m'a-t-il coupé.

— Votre cuisinière. Mais je comprends, maintenant, pourquoi vous tenez cette chambre fermée ! Il se passe... il se passe des choses étranges ici !

Heathcliff s'est figé.

— Que voulez-vous dire ?

— J'ai été réveillé par le vent qui s'engouffrait dans la pièce. La vitre était brisée. Tenez, regardez donc ! Lorsque j'ai voulu examiner le trou, une main glacée a surgi et m'a attrapé la jambe ! C'était une fille, une horrible fille qui se tenait là, derrière la fenêtre... Elle disait qu'elle s'appelait Anna et qu'elle voulait rentrer, qu'elle avait été prise par le vent. J'ai dû la frapper jusqu'à ce qu'elle me lâche !

— Vous l'avez frappée ? a répété Heathcliff.

J'ai cru qu'il allait se jeter sur moi pour m'étrangler. Une haine folle brûlait dans ses yeux, sa respiration était devenue irrégulière. Il luttait à la fois contre la fureur et une émotion étrange, qui tordait ses traits, lui donnant l'air d'être un autre, plus jeune, perdu.

— Sortez d'ici, a-t-il finalement ordonné.

Je me suis dépêché d'obéir.

Au moment où je tirais la porte, il y a eu un grand bruit de verre cassé. Heathcliff avait fait exploser la baie vitrée d'un coup de poing. Le vent a bondi dans la chambre, portant sur son dos un nuage de neige, et la voix de Heathcliff s'est mêlée à ses mugissements.

— Reviens ! criait-il, les bras tendus vers le vide. Anna, je t'en supplie, écoute-moi enfin et reviens-moi !

Il semblait si bouleversé que j'en ai oublié sa folie. Je me suis rapidement éclipsé, descendant vers le salon en tâchant de faire le moins de bruit possible. Une bûche énorme achevait de se consumer dans l'âtre. J'ai tiré un fauteuil et m'y suis installé. Le front brûlant, je me suis vite assoupi.

Quand je me suis réveillé, le jour commençait à poindre. Il neigeait toujours, mais le vent était tombé et une lumière laiteuse perçait au-dessus de la ville. Branwell a été le premier à descendre. Il tenait un oiseau mort dans chaque main.

— Quoi ? a-t-il aboyé en remarquant mon regard dégoûté.

Puis il a fixé les carcasses de fend-la-bise avec un air gêné. C'étaient de jeunes oiseaux, je m'en suis vite aperçu.

— Ils avaient les ailes malformées, a-t-il précisé comme pour se justifier.

Je suis resté silencieux et il a filé vers la cuisine. Quelques secondes plus tard, Heathcliff apparaissait à son tour, la main droite enveloppée dans un épais bandage.

— Je vous raccompagne chez vous, monsieur Wood, a-t-il annoncé. Sans attendre.

Je lui ai aussitôt emboîté le pas, trop heureux de quitter enfin cet endroit.

À l'extérieur, la passerelle était couverte d'une couche de neige épaisse de plusieurs centimètres, assez poudreuse cependant pour limiter les risques de glissade. Crosswind était devenue une immense plaine blanche où ne pointaient que les flèches argentées des tours.

Nous avons traversé la passerelle sans un mot, Heathcliff marchant derrière moi. J'ai risqué un regard dans sa direction, et ce que j'ai vu m'a alors fait frissonner. Il me fixait intensément avec une telle méchanceté que j'ai craint, l'espace d'un instant, qu'il me pousse dans le vide. Mais déjà nous arrivions sur la terrasse de mon appartement.

Il s'est arrêté, attendant que j'y pénètre, puis il a fait demi-tour.

Locke

Sitôt rentré chez moi, je me suis traîné comme j'ai pu jusqu'à mon lit.

Ma tête était lourde, mon front brûlant, et ma jambe droite m'élançait toujours aussi douloureusement. J'ai dormi une bonne partie de la journée. J'en avais besoin, après cette nuit de cauchemar...

L'après-midi touchait à sa fin quand je me suis réveillé. Je suis resté couché un moment, profitant de la douce bulle de chaleur de la couette. Puis mon estomac m'a rappelé que je n'avais pas mangé depuis la veille et je me suis levé.

L'électricité avait été rétablie pendant mon sommeil, car les lampes du salon étaient allumées et les voyants de mon ordinateur – à l'exception de celui qui indiquait la présence d'une connexion internet – clignotaient.

Je n'avais pas encore pris le temps de ranger mes affaires et de m'installer. Des piles de vêtements traînaient sur la table du salon, là où j'avais commencé à vider mes valises, tandis que des paires de chaussures, des livres et un paquet de revues étaient éparpillés sur le tapis, entre le canapé et l'écran de télévision.

J'ai attrapé les livres et je les ai apportés jusqu'au bureau. C'était tout de suite devenu ma pièce préférée. Devant moi, la baie vitrée offrait une vue à couper le souffle sur les buildings. Une bibliothèque aux rayonnages pleins à craquer se déployait dans mon dos, pareille à un grand oiseau protecteur. J'ai placé les livres à côté de mes cahiers de travail, puis je me suis dirigé vers la cuisine.

Je n'avais pas non plus pris le temps de faire de courses. Fouillant dans les placards, j'y ai déniché une boîte de thé, un reste de sucre et deux conserves de tomates.

— Formidable, ai-je murmuré.

La réserve de bois était quasiment épuisée, elle aussi. Dommage, car la grande cheminée du salon aurait été utile. Les radiateurs ayant cessé de fonctionner pendant près de deux jours, la température avait chuté dans l'appartement. Il me faudrait également refaire un stock de bougies, me suis-je promis. Les hivers de Crosswind demandaient à être pris au sérieux.

J'étais en train de faire chauffer de l'eau pour le thé quand on a frappé à la porte.

J'ai d'abord cru que j'avais rêvé.

Quelques secondes plus tard, deux coups supplémentaires ont retenti. Je me suis hâté d'aller ouvrir.

Une femme se tenait sur le pas de la porte, que je n'avais encore jamais vue. Une robe noire moulait son corps mince, ses cheveux étaient attachés en un chignon bas et un rouge à lèvres carmin rehaussait l'éclat de son teint clair. Quarante ans, quarante-cinq peut-être. Des rides étoilaient ses grands yeux verts, leur donnant un air rieur. Elle était d'une beauté remarquable, et j'ai immédiatement senti que je me troublais.

— Bonjour, monsieur Wood, a dit ma visiteuse d'une envoûtante voix grave. Mon nom est Sarah, et je gère cet immeuble pour le compte de Heathcliff. Il m'a demandé de m'assurer que vous étiez bien installé.

Je me suis empourpré quand ses yeux se sont posés sur moi. Je portais encore mes vêtements de la veille, froissés, poisseux, et mon visage ne devait pas avoir meilleure allure. Puis ses derniers mots se sont frayé un chemin dans mon esprit.

J'ai froncé les sourcils.

— Il vous l'a *demandé*? ai-je répété. Excusez-moi de paraître sceptique, mais une telle attention ne lui ressemble pas.

Sarah a souri, amusée.

— Oh, ne mettez pas cela sur le compte de la sollicitude! Heathcliff a sans doute eu peur de perdre son premier locataire.

Je me suis effacé pour la laisser entrer. Il y avait quelque chose chez elle qui éveillait ma curiosité et me faisait oublier mon état. Quelque chose d'intrigant et de franc.

— J'étais en train de préparer du thé, ai-je dit. Je vous en sers une tasse ?

Elle a accepté d'un hochement de tête délicat. J'ai repris :

— Vous travaillez pour Heathcliff ?

— Je veille sur Ponden Tower pour lui, a-t-elle répondu. Il ne supporte pas cet endroit. Si je ne lui avais pas démontré qu'il pouvait encore en tirer des bénéfices financiers, il aurait chassé les derniers habitants et fait démolir la tour.

Il aurait détruit Ponden Tower plutôt que Withens Top, qui était une semi-ruine ? Cet homme était bel et bien fou.

Nous nous sommes installés dans le salon.

— J'ai entendu dire que vous étiez écrivain ? a repris Sarah.

— D'une certaine manière, oui… J'étais écrivain. Il y a près d'un an que je n'ai pas écrit une ligne. Ça vous semblera sûrement stupide, mais c'est pour cela que je suis venu ici, à Crosswind, pour retrouver l'inspiration.

Mon sourire était forcé. Le cauchemar de la nuit dernière était encore vivace. Vivace et douloureux. Mais Sarah n'a pas ri cette fois.

— Stupide, je ne sais pas, a-t-elle dit. Beaucoup de légendes courent à Crosswind. Certains prétendent que les vents peuvent répondre à toutes les questions que vous leur posez, à condition de savoir les écouter.

— Il suffirait que je leur demande de me donner une bonne histoire ? me suis-je étonné avant d'ajouter, songeur : Peut-être qu'ils me raconteront celle de Heathcliff. Je suis prêt à parier que cet homme est une mine d'intrigues et de mystères.

— Effectivement. Mais vous n'avez pas besoin des vents pour découvrir cette histoire-là, je la connais comme si c'était la mienne.

J'ai attendu la suite, en vain. Elle avait porté sa tasse à ses lèvres pour boire une longue gorgée de thé, tout en me fixant avec une curieuse lueur dans les yeux. J'ai fini par me pencher vers elle, respirant au passage un doux parfum de jasmin.

— Et que pourrais-je faire pour l'obtenir ?

Sarah a réfléchi un moment avant de répondre.

— Les anciens propriétaires de Ponden Tower aimaient beaucoup les livres. C'est leur appartement que vous louez, le saviez-vous ? (J'ai acquiescé.) Alors vous avez sans doute vu leur bibliothèque. Ils disaient que rien d'autre au monde ne permet de transmettre autant de connaissances, autant de sentiments qu'un livre. Je ne suis pas une lectrice aussi assidue qu'ils l'étaient, mais j'ai parfois l'impression que toutes ces années passées à Crosswind m'ont... délavée. Peut-être que l'on perd de ses couleurs, quand on reste trop longtemps dans la neige, a-t-elle ajouté avec un sourire triste. Alors je crois que j'aimerais faire partie d'un livre. Oui, j'aimerais être au centre d'un flot de sentiments. Pourriez-vous m'offrir cela, Locke ?

— Vous voulez que je crée un personnage à votre nom ?

— Ma demande vous paraît idiote.

— Non ! me suis-je exclamé. Pas du tout. Si je dois un jour tirer un livre de votre histoire, je ne vous y oublierai pas, je vous le promets.

Ses beaux yeux verts se sont plissés de joie.

De mon côté, je ne tenais plus en place. Un pressenti-ment me chatouillait la nuque.

J'avais apporté un vieux dictaphone hérité des années que j'avais passées à la rédaction d'un journal. Je me suis dépêché d'aller le chercher dans mon bureau, puis Sarah a commencé son récit.

Sarah

Il y a un peu moins de soixante ans, Crosswind était une bourgade pauvre et isolée, que l'on évoquait surtout pour son climat légendaire. Un froid qui ne se démentait jamais, des vents soufflant en dépit des lois de la météorologie... Je suppose que les visiteurs n'étaient pas nombreux, à l'époque. Personne, en tout cas, n'aurait pu imaginer que la ville était sur le point de connaître une transformation extraordinaire.

Car d'immenses gisements d'uranium dormaient dans le sous-sol de la plaine voisine. Et un jour, deux hommes qui tentaient de défricher une parcelle de terre tombèrent sur un filon. Ils s'appelaient Ponden et Withens. Ils étaient jeunes, pleins d'ambition, et ils se lancèrent tout de suite dans l'exploitation du filon. Le succès fut immédiat.

Bientôt, les gens affluèrent des régions voisines pour travailler à Crosswind et, à mesure que la ville s'enrichissait, tours et maisons commencèrent à fleurir, remplaçant les anciennes masures et les fermes décaties.

Les familles Withens et Ponden s'élevèrent vite au-dessus des autres, bâtissant chacune une tour à la taille de leur nouveau statut. Mon père, qui était ingénieur, travaillait pour la famille Withens. Comme la plupart de leurs employés, nous vivions donc à Withens Top. C'était une petite ville à l'intérieur de la ville, un monde clos où les portes des appartements restaient ouvertes, pendant ces hivers où la neige nous isolait parfois des semaines entières. J'ai grandi avec Ellis, l'aîné des Withens. Nous avions le même âge et son père m'avait proposé de suivre des cours particuliers avec lui, embauchant pour nous les meilleurs professeurs.

Le soir où Heathcliff apparut, nous étions en train de réviser au coin de la cheminée, dans le grand salon. Anna, la cadette de la famille, jouait non loin de là. Au-dehors, la tempête hurlait, l'une des plus terribles dont je me souvienne. Des vents devenus fous balayaient Crosswind, les rues étaient bloquées par plus d'un mètre de neige et il faisait si froid que le feu peinait à réchauffer la pièce.

Tout à coup, un courant d'air glacial s'engouffra par la cheminée, provoquant un retour de flamme qui nous fit tous sursauter. Monsieur Withens se leva, tendant l'oreille comme s'il percevait des voix que nous n'entendions pas. Puis il se dirigea vers l'entrée et il s'enveloppa dans son manteau avant de quitter l'appartement. Nous étions incrédules. Personne n'aurait eu l'idée de sortir par un froid pareil! Mais il avait quelque chose à faire, déclara-t-il lorsque Anna courut derrière lui, quelque chose d'urgent.

Le vent lui avait-il porté un message? Ne souriez pas, monsieur Wood, les vents de Crosswind peuvent être surprenants.

Toujours est-il que nous l'attendîmes une partie de la soirée. Entendant la porte claquer, madame Withens, qui était jusqu'alors à l'étage, nous avait rejoints. Je la revois faire les cent pas dans le salon en se mordant les lèvres, transie d'inquiétude... Anna somnolait contre son frère, et je commençais moi aussi à m'assoupir quand monsieur Withens revint enfin. Son manteau était couvert de neige et le froid avait chassé toute couleur de son visage.

Serré contre sa poitrine, il y avait un enfant vêtu de loques.

Nous nous approchâmes.

Il ouvrit les yeux, posant sur nous un regard noir et perçant. Ses cheveux, qui n'avaient pas dû être coupés depuis des lustres, retombaient sur son front en mèches sales et la crasse assombrissait encore sa peau mate. Je lui donnai l'âge d'Anna, cinq, six ans maximum.

— C'est un clochard? demanda la petite fille.

— Tais-toi, Anna! répondit son père. Il serait mort de froid s'il était resté dehors. Allez plutôt lui chercher de quoi manger à la cuisine, Sarah et toi!

Lorsque nous revînmes, monsieur et madame Withens étaient en pleine dispute. Elle ne comprenait pas qu'il ait ramené cet enfant chez eux et lui n'en démordait pas.

Quant au petit, il restait muet.

Il fallut attendre plusieurs jours pour qu'il ouvre enfin la bouche. Cela ne nous aida pas à en savoir davantage, car il parlait une langue qu'aucun d'entre nous ne connaissait. Mais monsieur Withens n'y accordait aucune importance. Il s'occupait de lui comme s'il s'était agi de son propre enfant. Il lui avait donné un nom, Heathcliff et, très vite, nous comprîmes qu'il faudrait désormais compter avec lui... Ce qui n'était pas exactement du goût d'Ellis.

L'aîné des Withens avait tout de suite pris le gamin en grippe. Il refusait de lui parler et il piquait des colères terribles dès que Heathcliff semblait gagner un nouveau droit dans la maisonnée. De mon côté, je dois bien avouer que le garçon me mettait mal à l'aise, avec sa façon de ne rien laisser deviner de ce qui se passait sous son crâne... Je n'en suis pas fière, mais il est vrai que, pendant un temps, Ellis et moi lui avons mené la vie dure.

Heureusement pour lui, il y avait Anna.

Les deux enfants se rapprochèrent tout de suite, au point de devenir inséparables. Ils disparaissaient parfois pendant des heures, courant sur les passerelles d'une tour à l'autre, jouant sur les toits. Anna était la seule à avoir une véritable emprise sur Heathcliff. Les réprimandes des adultes comme les insultes d'Ellis paraissaient glisser sur lui sans jamais l'affecter, pour elle il aurait été capable de faire n'importe quoi.

La jalousie d'Ellis se serait peut-être apaisée si le mal du Vent Gris n'était apparu. C'est à cause de lui que Crosswind se vida lentement de ses habitants... Il survint d'un coup, sans que personne sache ce qui l'avait amené là. Il affaiblissait ses victimes jusqu'à les plonger dans une léthargie étrange et provoquait chez elles des hallucinations. Dans les dernières heures, les malades voyaient ainsi une brume grise monter autour d'eux pour les envelopper tout entiers. Madame Withens compta parmi ses premières victimes.

Je crois qu'Ellis ne se remit jamais de la mort de sa mère. Il était persuadé que Heathcliff en était la cause, car le Vent Gris était apparu en même temps que lui. Je le vis devenir de plus en plus violent, de plus en plus dur. Heathcliff avait un atout. Monsieur Withens, qui l'adorait, ne supportait pas que quiconque s'en prenne à lui. Et le gamin savait très bien en jouer.

Je me souviens d'un soir où monsieur Withens était revenu avec trois jeunes fend-la-bise, un pour chacun des enfants. Heathcliff avait choisi le plus grand, mais il se rendit très vite compte que l'oiseau avait une aile mal formée. Comprenant qu'il ne volerait jamais, il exigea alors de l'échanger contre celui d'Ellis, en lui expliquant calmement que s'il ne cédait pas, il montrerait ses bras couverts de bleus à son père. La dispute fut violente entre les deux garçons. Finalement, Heathcliff l'emporta.

Voilà donc à quoi ressemblait notre quotidien, à cette époque.

Peu après qu'Ellis eut fêté ses seize ans, monsieur Withens décida qu'il était temps pour lui d'intégrer une école aussi lointaine que prestigieuse.

Cela devait arriver, tout le monde l'attendait. Après tout, Ellis était supposé succéder à son père à la tête des industries Withens...

Il me manqua, bien sûr, c'était mon plus vieil ami. Mais son départ ramena le calme à Withens Top. Anna et Heathcliff grandirent ensemble, le lien qui les unissait devenant chaque jour plus solide et, même si je ne pus jamais totalement entrer dans le petit monde qu'ils s'étaient créé, je finis par me rapprocher d'eux.

Malheureusement, trois ans plus tard, monsieur Withens fut à son tour victime du Vent Gris.

En quelques semaines à peine, il s'était affaibli au point de ne plus pouvoir marcher. C'est à ce moment-là que Gibus fit son apparition à Withens Top. Un charlatan, si vous voulez mon avis, qui prétendait savoir comment éloigner le Vent Gris. Évidemment, ses décoctions n'eurent aucun effet.

Monsieur Withens passait ses journées à fixer le ciel de Crosswind, installé dans son fauteuil, devant la baie vitrée. Il prétendait qu'il voyait des silhouettes chevauchant les vents, qu'il entendait leurs voix. Plusieurs fois, je fus témoin de ses tentatives de se lever pour sortir en appelant faiblement sa femme.

Il s'éteignit un soir.

Le feu brûlait dans l'âtre. Blottie contre son père, Anna chantonnait pour lui, tandis que Heathcliff lisait non loin d'eux.

— Je la vois, murmura-t-il soudain. La brume grise!

Ses traits se figèrent. Sa peau pâlit brusquement, comme si un voile translucide s'était posé sur lui, et Anna cria :

— Sarah, papa est glacé!

Avant de comprendre.

Ce fut une nuit terrible. Les enfants étaient inconsolables et je restai prostrée devant le feu, incapable de les réconforter, incapable de rentrer chez moi.

Le pire était à venir, cependant, car Ellis réapparut sitôt qu'il eut appris la mort de son père.

Ce n'était pas la première fois que nous le revoyions. Au début de ses études, il passait toutes ses vacances à Crosswind. Puis ses visites s'étaient espacées. Il ne m'écrivait plus guère, même à moi, sa plus vieille amie...

Lorsqu'il ressurgit, le matin des funérailles, c'était un solide gaillard de vingt ans, sûr de lui, assez hautain. Il s'était laissé pousser une fine moustache et avait changé de style vestimentaire, abandonnant les traditionnels sweat-shirts et jeans pour de luxueux costumes griffés. Plus étonnant encore, une jeune femme était accrochée à son bras, dont nous n'avions jusqu'alors jamais entendu parler. Elle s'appelait Constance, c'était une étudiante française, qu'il avait rencontrée pendant ses études.

Un teint diaphane, de grands yeux clairs et de longs cheveux blond cendré... Elle était d'une beauté rare et Ellis ne la quittait pas des yeux.

Le jour des funérailles, ils ne se lâchèrent pas la main tandis que nous montions jusqu'à la chapelle de la ville, au sommet de la tour Halifax. Anna et Heathcliff marchaient derrière eux. Ce fut une très belle cérémonie d'adieu. Les enfants étaient si dignes, si calmes... Puis, comme le veut la coutume, les cendres de leur père furent abandonnées aux vents de Crosswind.

Ellis fut nommé tuteur légal de sa sœur et de Heathcliff jusqu'à leur majorité, récupérant au passage le contrôle de la fortune familiale.

Quand j'y repense aujourd'hui, je me dis que cette décision était étrange. Monsieur Withens se méfiait de son fils, et même s'il s'agissait de son aîné, je n'arrive pas à croire qu'il lui aurait confié le sort de Heathcliff... Peut-être Ellis a-t-il profité de la faiblesse de son père pour orienter ses dernières volontés. À moins qu'il n'ait bénéficié de l'aide du notaire – quelques années plus tard, nous avons découvert les limites de son honnêteté. Mais quelle que soit la vérité, il était trop tard. Ellis était devenu le maître de Withens Top.

Et cette fois, personne ne pouvait l'empêcher de se venger de Heathcliff. Il commença par des moqueries, des injures, de petits coups. Il n'attendait qu'une seule chose, que le garçon réplique. Le jour où cela arriva, Ellis appliqua la sanction avec jubilation.

Heathcliff habitait depuis toujours à la cime de Withens Top, dans le grand appartement familial. Il en fut brutalement chassé, forcé à descendre vivre dans les premiers étages, en compagnie des ouvriers des industries Withens. Il suivait des cours particuliers avec Anna ? Ils furent supprimés. Bientôt, il dut travailler aux mines : il fallait qu'il mérite son toit, disait Ellis.

Personne ne vint véritablement en aide au pauvre garçon. Et si tout le monde le plaignait, lui n'exprimait rien, ni colère ni peine. Que peut-on faire, face à un masque inexpressif ? Anna fut la seule à tenir tête à son frère.

Je ne vous ai pas encore parlé d'elle, me semble-t-il. C'était une jeune fille à l'esprit exceptionnellement affûté, qui avait le tempérament fier, libre et colérique des Withens. Rien ne l'effrayait et elle était capable de vous faire rire, de vous envoûter ou de vous humilier en quelques mots, selon ce qu'elle avait décidé.

Anna était entrée dans les bonnes grâces de Constance pour protéger Heathcliff de son frère. Choix judicieux, car personne d'autre que sa fiancée n'était capable de calmer les crises de rage d'Ellis. Sans cela, je crois que Heathcliff aurait été rapidement chassé de Crosswind. Et le reste du temps, la jeune fille le passait sur le toit, à murmurer des prières au Vent Gris pour qu'il s'empare du tyran de la famille.

Bien entendu, les menaces d'Ellis n'empêchèrent pas Heathcliff et Anna de continuer à se voir. Ils traînaient dans les rues de Crosswind, séchant les cours pour l'une, s'échappant des mines pour l'autre, et profitaient de la nuit pour déambuler ensemble sur les passerelles. Ellis se désintéressait totalement de l'éducation de sa sœur. Elle pouvait disparaître pendant des heures sans qu'il s'en rende compte. Sans aucune autre compagnie qu'eux-mêmes, ils se firent de plus en plus sauvages. Anna souffrait, cependant, en voyant son compagnon de toujours s'endurcir dans les mines, se renfermer peu à peu...

Une nuit, alors que Noël était proche, quelqu'un frappa à ma fenêtre.

Je vivais quelques étages en dessous de l'appartement des Withens et, en me levant, je reconnus le visage de Heathcliff, pressé contre la vitre. Il s'était glissé sur la terrasse. Ses yeux étaient agrandis par l'émotion. Peur, colère, tristesse ? Comme toujours, j'étais incapable de le deviner.

Je le fis entrer en cachette. Il était gelé mais ne s'en souciait pas.

Je me dépêchai de l'envelopper dans une couverture en chuchotant :

— Qu'est-ce que tu fais ici ?

— Anna a eu un accident, lâcha-t-il, les dents serrées.

Je me souviens d'avoir été prise d'une vague d'angoisse. Mais Heathcliff me rassura.

— Elle va bien. Elle est chez les Ponden, dans la tour d'en face. Ils s'occupent d'elle.

— Chez les Ponden ?! Qu'est-ce qui vous a pris d'aller traîner là-bas ?

— Je voulais rester avec elle, mais ils m'ont chassé en me traitant de sale gitan, répondit-il tristement. Alors s'il te plaît, ne me crie pas dessus... Je me sens suffisamment coupable, je te le promets.

Il lui fallut quelques minutes pour trouver ses mots et me raconter enfin ce qu'il s'était passé.

— On voulait juste s'approcher de leur appartement pour voir ce que Daniel et Alice faisaient, reprit-il. Tout le monde dit que leur famille est la plus riche de la région... Alors on a emprunté la passerelle qui relie Withens Top à Ponden Tower, avant d'enjamber le portail ridicule qu'ils ont installé pour protéger leur terrasse, et on s'est retrouvés face à la baie vitrée. Tu aurais vu le spectacle! Une cheminée immense, avec un grand miroir au cadre d'or, des lustres en cristal partout, un sapin de Noël si haut qu'il touchait le plafond... Et là, sur un tapis si épais que je pourrais y dormir comme un prince, Daniel et Alice se disputaient en tirant sur un petit robot en forme de chien. Ces deux idiots ont fini par le casser en deux! Tu aurais vu leurs têtes... La gamine s'est mise à pleurer. Anna et moi avons éclaté de rire, mais ils nous ont entendus. Ils ont crié pour appeler leurs parents et nous avons détalé. C'est à ce moment qu'elle a glissé sur la passerelle...

Selon Heathcliff, Anna avait failli basculer dans le vide. Il en tremblait encore.

Elle avait évité le pire, mais elle se retrouvait tout de même avec trois côtes cassées.

— Ils ont d'abord cru qu'on était des voleurs, continua Heathcliff. Puis madame Ponden nous a reconnus. Anna avait tellement mal qu'elle respirait à peine, pourtant elle n'a pas versé une seule larme ! ajouta-t-il avec fierté. Ils ont dit qu'ils la gardaient pour la nuit, puis ils m'ont chassé. J'ai fait semblant de partir, avant de revenir sur mes pas pour les observer. Ils l'avaient allongée sur le sofa et la mère palpait ses côtes, tandis qu'Alice avait apporté une boîte de gâteaux et une tasse de chocolat pour la réchauffer. Ils étaient debout autour d'elle, à la regarder manger d'un air stupide…

Ce soir-là, Heathcliff dormit dans ma chambre. Il ne se doutait pas qu'Anna ne reviendrait ni le lendemain ni les jours suivants.

Madame Ponden était médecin, et elle refusa de laisser Anna rentrer chez elle avant qu'elle ne fût totalement rétablie. Tout le monde à Crosswind avait eu vent du retour d'Ellis, ainsi que de la manière dont il traitait Heathcliff. Personne ne lui aurait confié la garde d'une jeune fille blessée.

Anna resta donc à Ponden Tower plus d'un mois.

Quatre semaines pendant lesquelles Heathcliff passa chaque nuit dehors, rôdant le long des passerelles, se faufilant sur les toits et les terrasses de la ville pour veiller sur elle. Quatre semaines au cours desquelles Anna eut tout le temps de se rapprocher des enfants Ponden.

Alice était une ravissante poupée de onze ans, qui vouait à son frère une adoration sans bornes et qui conçut bientôt le même sentiment pour Anna.

Daniel, lui, venait de fêter son quinzième anniversaire. C'était un garçon sportif, aux cheveux bouclés et aux yeux si clairs que l'on y lisait la moindre de ses émotions. Daniel n'avait jamais suivi de cours particuliers. Il allait au lycée de Crosswind, où il était entouré par une cour dense d'amis et d'admiratrices, et il sortait souvent. Le caractère farouche et solitaire d'Anna ne ressemblait en rien à ce qu'il avait connu jusque-là. Ce fut peut-être la raison pour laquelle elle le fascina tant.

Ils devinrent très vite complices. Daniel avait peur qu'elle s'ennuie pendant sa convalescence, alors il organisa des soirées en son honneur, il lui présenta ses amis…

Grâce à lui, Anna découvrit un autre monde. Un monde duquel Heathcliff était exclu.

Après l'accident, il avait reçu l'interdiction formelle d'approcher Anna, sous peine d'être chassé de Crosswind par Ellis. Son caractère ne fit qu'empirer. Il se laissait aller, indifférent à ce qui l'entourait, et on le vit errer dans les rues avec des vêtements si crasseux qu'on le prenait pour un clochard. Ses cheveux formaient une masse hirsute sur son crâne et son front constamment plissé lui donnait un air maussade, presque inquiétant.

Lorsque Anna revint enfin à Withens Top, elle se montra inflexible. Si Heathcliff n'était pas là à son arrivée, alors elle repartirait.

Ellis finit par céder – sous la pression, je suppose, de Constance, qui devait se sentir bien seule. Seulement, les retrouvailles ne furent pas telles qu'Anna l'avait espéré.

— Mon Dieu, Heathcliff, que t'est-il arrivé? murmura-t-elle en découvrant l'allure de son compagnon de toujours. Tu as l'air tellement… sombre!

— Sombre? s'exclama Ellis, ravi. C'est un euphémisme! On dirait que notre ami vit dans un caniveau. Repoussant est plus approprié, tu ne trouves pas?

Les moqueries d'Ellis n'avaient jamais touché Heathcliff. Mais Anna revenait d'un endroit où l'on s'était occupé d'elle, où on l'avait choyée, et elle n'avait plus grand-chose à voir avec la sauvageonne qu'il avait quittée à Ponden Tower. Ce jour-là, il se retrouva face à une ravissante jeune fille, aussi bien coiffée qu'habillée. Sans doute se trouva-t-il minable. Il s'élança hors de la pièce, tête baissée, et l'on entendit la porte d'entrée claquer derrière lui.

Lorsqu'il réapparut le lendemain, il s'était nettoyé le visage et les cheveux, il portait un pantalon et une chemise propres. Il s'était même parfumé! Je ne l'avais jamais vu ainsi. Il ne voulait pas décevoir Anna, il voulait être digne d'elle et lui plaire, c'était évident. Mais il ignorait que les Ponden avaient été invités ce jour-là à Withens Top, en remerciement des soins qu'ils avaient apportés à Anna. Il débarqua donc au beau milieu du salon, tout heureux de retrouver la jeune fille qui était entourée d'Ellis, Constance, Daniel, Alice et moi-même.

— Encore toi, soupira Ellis.

Il se leva pour murmurer à son oreille :

— J'ai promis aux parents de ces deux enfants que tu ne serais pas dans les parages aujourd'hui. Tu les dégoûtes, comme tu dégoûtes toute personne normalement constituée... Gibus ? Emmène-le à l'étage et boucle-le dans le débarras. Je ne veux plus revoir sa face de fouine !

— C'est le gitan ? s'exclama Alice. Il ne reste pas, hein Anna ? Il me fait peur !

Daniel posa la main sur l'épaule de sa petite sœur, se voulant rassurant :

— Bien sûr qu'il ne reste pas. Il n'est pas chez lui.

Heathcliff l'avait entendu. Comme Gibus l'escortait vers les escaliers, il se retourna vers Daniel, le visage blême et les yeux brillants de haine.

— Foutu gosse de riche ! répliqua-t-il.

Et il cracha sur lui, un beau crachat bien rond qui l'atteignit en plein visage.

Il allait payer cet affront très cher.

Ellis monta à sa suite. Lorsqu'il redescendit, près d'un quart d'heure plus tard, son visage était rouge de l'effort qu'il avait fourni et il frottait son poing droit en grimaçant.

— Taper sur cet imbécile est un véritable plaisir, dit-il à Daniel. La prochaine fois, n'hésite pas !

Locke

Sarah s'est interrompue pour jeter un coup d'œil en direction de la baie vitrée. Au-dehors, le ciel s'était assombri, envahi de rouleaux noirs et menaçants. Des points de lumière piquetaient les flèches des tours.

— La tempête ne se calmera pas avant deux semaines, a-t-elle annoncé.

— Deux semaines ? ai-je répété, stupéfait.

Sarah a eu un sourire moqueur.

— Eh bien quoi, monsieur Wood ? Vous êtes ici pour écrire, non ? Un choix judicieux, car vous n'aurez bientôt rien d'autre à faire !

— C'est un peu plus compliqué que ça, ai-je soupiré.

Le dictaphone tournait toujours.

— Vous avez l'air fatigué, a dit Sarah en se levant. Voulez-vous que je vous laisse ? Nous reprendrons cette histoire plus tard.

J'ai réfléchi un instant à sa proposition. Tout prétexte pour la revoir était bon à prendre, mais je n'étais pas particulièrement impatient de me retrouver seul.

— Non, ai-je répondu. Ne m'abandonnez pas si vite. Il reste une bonne heure d'enregistrement. Autant en profiter, qu'en pensez-vous ?

— Très bien. Mais je pose une condition, ajoutez quelques bûches dans cette cheminée ! On meurt de froid chez vous.

Effectivement, elle frissonnait.

De mon côté, je ne m'étais aperçu de rien. J'ai porté la main à mon front et l'ai trouvé brûlant.

— Vous devriez faire attention à vous, a ajouté Sarah, qui avait observé mon geste. Ce serait dommage d'attirer le Vent Gris, n'est-ce pas ?

J'ai dû avoir une drôle d'expression, car elle a éclaté de rire. Je me suis ensuite empressé d'allumer un feu, puis nous avons tiré nos fauteuils près de la cheminée et elle a repris son récit.

Sarah

Après le retour d'Anna, il y eut de nombreuses soirées organisées à Withens Top. Ellis espérait que cela suffirait à tirer Constance de la torpeur maussade dans laquelle elle plongeait de plus en plus souvent. Il dépensa une fortune pour elle, la couvrant de bijoux et de vêtements, l'emmenant au théâtre, au restaurant... Puis il se dit que son pays lui manquait peut-être et il lui fit venir des livres et des magazines de France. Il alla jusqu'à engager un professeur de français pour Anna, pensant qu'entendre sa langue améliorerait le moral de sa fiancée.

Mais Constance refusa bientôt de sortir de Withens Top, prétextant que le climat de la ville la rendait malade chaque fois qu'elle mettait un pied dehors. Effectivement, sa santé était fragile. Elle mangeait comme un oiseau, maigrissait à vue d'œil et passait de plus en plus de temps allongée dans sa chambre, léthargique.

Anna, quant à elle, consacrait beaucoup d'énergie à distraire la jeune femme. Non qu'elle l'appréciât particulièrement – je crois surtout qu'elle méprisait sa faiblesse de caractère –, mais elle avait compris que de l'humeur de Constance dépendait celle de son frère. Plus elle se renfermait et plus Ellis devenait tyrannique.

Puis Constance commença à avoir des nausées. Elle resta alitée pendant deux semaines avant que nous n'apprenions enfin la cause de ses malaises : elle était enceinte. La nouvelle sembla la ravir. D'un coup, ce n'était plus la même personne. Elle circulait dans le grand appartement avec un sourire rêveur, préparait la chambre du bébé... Ellis était aux anges et nous étions persuadés que son mal-être était à présent derrière elle.

L'été suivant, en août, elle accoucha d'un petit Branwell. Ce prénom vous est familier, n'est-ce pas ? C'était un bel enfant, si calme...

Quelques jours après sa naissance, Constance retomba dans ses travers. Elle alternait les crises de larmes et de colère, répétant qu'elle n'arriverait jamais à élever son fils, refusant de le toucher.

J'espaçai mes visites à Withens Top, tant l'atmosphère y était pesante. Jusqu'au jour où Anna frappa à la porte de mon appartement, paniquée. Elle se jeta dans mes bras dès que je lui ouvris.

— Sarah ! s'écria-t-elle. Ellis est en train de devenir fou, il faut que tu viennes tout de suite !

La jeune fille était incapable d'en dire plus. L'expression de son visage, cependant, suffit à me convaincre de l'urgence de la situation.

La première chose que j'entendis en poussant la porte de l'appartement des Withens ce furent les pleurs de Branwell. À l'étage, le bébé hurlait de toutes ses forces. Je gravis les escaliers au pas de course, guidée par les éclats de voix jusqu'à la chambre de Constance et Ellis. Le nourrisson, âgé d'à peine trois mois, s'époumonait dans son berceau. Agenouillé derrière le lit, son père murmurait le prénom de Constance en une funeste incantation. Je m'approchai.

La jeune femme gisait sur le tapis. Son beau visage avait pris une teinte crayeuse et les doigts de sa main droite étaient crispés sur un verre vide. Plusieurs tubes de somnifères gisaient, vides, sur la table de chevet.

— Il faut prévenir les secours ! m'exclamai-je.

— Gibus l'a déjà fait, répondit Ellis. Tout ira bien, elle est juste faible. Il faut qu'elle se réveille et…

— Ellis…

— Je l'emmènerai en France, au soleil, continua-t-il. Elle guérira vite, tu verras…

— Ellis !

J'avais élevé le ton.

Ellis se tut brusquement. Son délire se dissipa, le temps pour lui de comprendre.

Il était trop tard.

Constance ne respirait plus.

Avait-elle voulu en finir ? Ou avait-elle avalé les médicaments sans réfléchir, pour calmer l'une de ses crises d'angoisse ? On ne le sut jamais.

Après sa disparition, Ellis ne fut plus le même. Il disparaissait des nuits entières pour revenir au petit matin, ivre mort. On le vit se battre dans l'un des pires bouges de Crosswind, traîner dans les rues avec des bandes infréquentables, jeter des bouteilles vides dans la vitrine d'un magasin... À plusieurs reprises, Gibus alla le chercher au poste de police.

Il n'était pas en mesure d'élever son fils, c'était évident – et il ne le souhaitait pas, il s'en désintéressait maintenant que Constance était morte. Il était également impossible d'engager une nourrice pour Branwell car, moi excepté, Ellis refusait de laisser quiconque pénétrer chez lui.

J'hésitai longuement avant de me proposer pour le poste. Ellis accepta sur-le-champ.

Mes parents ne comprirent pas que j'abandonne mes études universitaires pour veiller sur un enfant qui n'était pas le mien. De mon côté, je ne l'ai jamais regretté. Ellis était mon plus vieil ami et, même si les années l'avaient changé, je ne pouvais pas me résoudre à le laisser tomber. Le salaire astronomique qu'il me versait n'était pas non plus étranger à ma décision, je dois bien l'avouer...

Je m'installai dans la chambre d'Anna, occupant l'ancien lit d'Ellis, et nous y apportâmes le berceau de Branwell. C'était un bonheur de bébé, qui ouvrait de grands yeux radieux chaque fois qu'il me voyait et qui s'endormait sitôt que je le couchais.

Un soir, Ellis quitta l'appartement en braillant. Il était saoul avant même de sortir. Cela ne présageait rien de bon, mais au moins serions-nous tranquilles pour quelques heures.

J'étais en train de bercer Branwell dans un coin de la chambre. Anna, elle, lisait sur son lit. Elle se leva aussitôt pour griffonner un mot, avant de courir jusqu'au salon. Sans doute prévenait-elle Daniel Ponden que la voie était libre. Le cri rauque d'un fend-la-bise et le bruit de la fenêtre que l'on ouvre confirmèrent ma supposition. De retour dans la chambre, Anna se rua sur son armoire et en sortit une robe qu'elle gardait pour les grandes occasions. Elle attacha ses cheveux en un chignon faussement lâche, puis tira une palette de maquillage d'un tiroir.

Je tiquai en reconnaissant l'objet.

— Où as-tu récupéré ça ? C'était à Constance, non ?

— Et alors ? répliqua-t-elle. Elle n'en a plus besoin. Moi, si.

Je la regardai gainer ses cils de noir. La porte de la chambre s'ouvrit au moment où elle poudrait ses joues.

C'était Heathcliff.

Anna fit disparaître la palette.

— Qu'est-ce que tu fais ici ? s'écria-t-elle. Tu n'étais pas censé avoir le dernier tour de travail à la mine ?

— Il paraît qu'Ellis passe ses soirées dans un bar de la ville, répondit le garçon. Je me suis dit que je pourrais en profiter pour venir, et je me suis débrouillé pour échanger mon tour avec un des gars. Je suis monté dès que j'ai vu l'autre dégénéré quitter Withens Top.

Heathcliff avait beaucoup changé ces derniers mois. Il avait grandi jusqu'à dépasser Daniel Ponden d'une tête, mais il se tenait voûté, comme s'il craignait de recevoir des coups. Son regard était fuyant, son expression renfrognée et son esprit, jadis vif, avait été étouffé par les longues journées de travail à la mine. Je le connaissais depuis toujours et je devinais qu'Ellis et ses mauvais traitements étaient responsables de cette transformation... Mais rien n'y faisait, je me sentais mal à l'aise en sa présence.

Heathcliff remarqua soudain la robe d'Anna.

— Tu as prévu de sortir ? demanda-t-il.

— Non, répondit précipitamment la jeune fille. Pas du tout.

— Et tu es *maquillée* ?! Toi ? Je rêve !

Elle bredouilla quelques mots. Heathcliff finit par comprendre ce qui se tramait, et il explosa de rage.

— Tu vois ce crétin de Daniel Ponden, c'est ça ? Tu l'as invité à venir ici ?

— Je ne savais pas que tu serais là ! répliqua Anna. Je pensais que tu travaillais toute la soirée, alors je lui ai dit qu'il pouvait passer...

— Sauf que je suis là ! Envoie-lui un fend-la-bise ! Préviens-le que tu es occupée.

— Occupée à quoi ? dit-elle avec, dans la voix, une pointe de colère doublée d'amertume. À disserter avec toi sur les meilleures techniques d'extraction de l'uranium ? À écouter les incroyables anecdotes de tes amis mineurs ?

Heathcliff était devenu blême.

Branwell, qui s'était endormi dans mes bras, gémit dans son sommeil. Je le berçai doucement, en espérant qu'il ne se réveillerait pas. J'étais le témoin d'une scène qui ne me concernait pas, et je me faisais aussi discrète que possible. Heureusement, comme à leur habitude, Anna et Heathcliff ne prêtaient attention à personne d'autre qu'eux-mêmes.

Consciente qu'elle était allée trop loin, la jeune fille ajouta :

— Tu ne me parles plus depuis des semaines ! Tu te contentes de m'écouter sans réagir, tu ne lis plus les livres que je te prête, tu te figes dès que je m'approche de toi comme si mon contact allait te brûler, et les seules fois où tu daignes ouvrir la bouche, c'est pour parler d'Ellis et de tes plans de vengeance, encore et encore ! Daniel, lui, me fait rire, tu comprends ? Il m'emmène dans des endroits géniaux, il me présente ses amis, il me parle de ses rêves et de ses projets... Et tu sais quoi ? Il n'a pas peur de m'avouer qu'il tient à moi !

Après cette tirade, Heathcliff resta muet. Elle le fixait d'un air suppliant et j'imaginais sans mal ce qu'elle se disait alors : *Parle ! Dis quelque chose, n'importe quoi, mais parle !*

— Il te fait rire, répéta-t-il. Alors tu te maquilles, tu mets une robe en soie et tu me chasses. OK, Anna. C'est ton choix.

Il partit lentement.

Daniel apparut au moment où il sortait. Les deux garçons se croisèrent dans un silence glacial, Heathcliff le foudroyant du regard avant de claquer la porte derrière lui. Le bruit fit sursauter Branwell qui se mit à pleurer.

— J'arrive trop tôt ? demanda Daniel.

— Non, répondit Anna, c'est parfait.

Mais elle tremblait de tous ses membres. Je la vis serrer les poings pour se maîtriser, puis elle tourna la tête vers moi. Les gémissements de Branwell lui avaient rappelé notre présence.

Une lueur sombre s'alluma au fond de ses yeux.

— Qu'est-ce que tu fais encore ici ? attaqua-t-elle.

— Je m'occupe de Bran, lui répondis-je, avant d'ajouter : Il devrait dormir à cette heure-ci.

Les pommettes d'Anna se teintèrent de rouge. Elle était incapable de recouvrer son calme.

— Eh bien emmène-le ailleurs ! s'exclama-t-elle. Cet appartement n'est pas suffisamment grand peut-être ? J'en ai assez de vous avoir dans les pattes à longueur de journée, tous les deux !

— Parles-en à ton frère quand il rentrera, répliquai-je, agacée. Je suppose qu'il nous cédera sa chambre avec plaisir !

Elle s'approcha et m'arracha Branwell des bras.

— C'est bon, je m'occupe de lui ! Tu peux rentrer chez toi.

Mais l'enfant hurlait à présent.

— Rends-le-moi, ordonnai-je.

— Dehors ! déclara-t-elle en guise de réponse.

Et elle commença à secouer Bran pour le faire taire, avec une telle lueur dans les yeux que je pris peur. Daniel Ponden devait partager mon sentiment, car il bondit vers Anna pour lui ôter l'enfant des mains.

Une gifle cinglante s'abattit sur sa joue droite.

Il recula, consterné.

La colère d'Anna s'éteignit instantanément. Elle me tendit Branwell et je filai hors de la chambre, laissant derrière moi la porte ouverte. Je perçus la voix d'Anna.

— Où vas-tu ? s'écria-t-elle. Tu ne peux pas partir, pas comme ça !

— Tu veux que je reste ? répliqua Daniel. Après m'avoir frappé ? Après avoir terrorisé un gamin de deux ans et chassé Sarah ? Mais tu es complètement folle !

— Ne dis pas ça ! Je t'en prie, ne dis pas que je suis folle ! Tout le monde m'a abandonnée, ajouta-t-elle d'une voix sourde. Mes parents, mon frère, Heathcliff... Ne me laisse pas, Daniel. S'il te plaît. Pas toi...

Il y eut un silence.

Puis Daniel ferma la porte, et je n'entendis plus que les sifflements du vent qui balayait la ville et les gémissements de Branwell.

Quand je revins les avertir du retour d'Ellis, quelques heures plus tard, je les trouvai allongés sur le lit d'enfant d'Anna, lovés l'un contre l'autre. Daniel caressait doucement ses cheveux et un sourire calme illuminait leurs deux visages, tel un rai de soleil qui se serait glissé jusque-là pour jouer sur leurs traits juvéniles.

Il leur avait fallu cette dispute pour renoncer au jeu de séduction auquel ils se livraient depuis de si longs mois. Ils étaient enfin passés aux aveux.

Le retour d'Ellis rompit le charme tranquille qui était tombé sur Withens Top. Daniel s'était dépêché de regagner Ponden Tower, tandis que je me réfugiais dans la cuisine avec Bran. Nous entendîmes son père injurier la porte d'entrée, incapable de glisser sa clé dans la serrure. J'en étais à souhaiter qu'il ne parvienne pas à entrer... Mais il y parvint finalement. J'avais pris soin d'éteindre la lumière, ce qui ne l'empêcha pas de me surprendre poussant Branwell sous la table de la cuisine pour le lui dissimuler.

— C'est mon fils que tu caches sous la table ? grogna-t-il.

Ellis faisait peine à voir. Il s'était battu. Sa lèvre inférieure était gonflée, un coquard bleuissait son œil gauche et un pan de sa veste pendait, à demi arraché. Croisant son regard, je pus également constater que, comme je le craignais, il ne s'était pas contenté de boire. À l'époque, on parlait beaucoup d'une nouvelle drogue à la mode qui déclenchait des accès de violence. Je crois qu'Ellis en avait pris, ce soir-là.

— Et c'est pour ça que je te file autant d'argent ? crachat-il en titubant vers nous. Il ne dit même pas bonjour à son père ! Quand je pense que je t'ai confié son éducation. On dirait un sauvage. Un sale petit sauvage à la Heathcliff ! Allez, le mioche, viens voir papa !

Branwell s'était remis à pleurer sitôt qu'il avait reconnu Ellis, ce qui énerva passablement ce dernier. Il l'attrapa par les épaules, le soulevant à hauteur de son visage, puis l'examina en plissant les yeux.

— Tu m'étonnes qu'il couine comme un animal! Cette chose ridicule n'est pas à moi. Ce n'est pas mon Branwell, hein, Sarah? Les garçons Withens ne sont pas aussi faibles et laids. Fiche-le dehors!

Et il me le rendit, à mon grand soulagement.

Je crus qu'Ellis s'en tiendrait là, quand il fit soudain volte-face pour adresser à Branwell un sourire effrayant.

— Salut fiston! s'écria-t-il, ayant apparemment oublié ce qui venait de se passer. C'est pas une heure pour être encore debout! Allez, viens, papa va te mettre au lit.

Il le chargea sur son épaule comme un baluchon, déclenchant une nouvelle vague de pleurs. Je les suivis jusqu'à l'étage, suppliant Ellis de laisser son fils tranquille.

Il s'arrêta en haut des escaliers, puis se pencha au-dessus de la balustrade.

— Finalement, tu dormiras en bas, dit-il. Tu m'énerves à pleurer comme ça.

Et il lâcha Branwell dans le vide.

Mon hurlement se confondit avec celui du garçonnet. J'avais fermé les yeux, refusant de le voir s'écraser en bas, refusant d'être témoin de cette horreur.

Au même moment, quelqu'un s'écria :

— Attention!

Heathcliff, que je croyais parti, avait surgi de la cage d'escalier et rattrapé Branwell au vol! Je courus jusqu'à lui pour reprendre l'enfant qui tremblait et gémissait doucement.

Son sauveur n'en menait pas large non plus. Il dévisagea Ellis puis Branwell, oscillant entre haine, regret et soulagement : il avait sauvé le fils de son pire ennemi.

Lui qui ne survivait aux humiliations d'Ellis qu'en élaborant des plans de vengeance, il venait de manquer la plus belle des occasions et cette idée, qui le disputait à la fierté d'avoir protégé un enfant, le mortifiait.

— Arrête, murmurai-je.

Heathcliff cligna des yeux comme s'il émergeait d'un songe, puis il recula et disparut sous l'escalier. C'était là qu'il avait dû passer la soirée. Lorsqu'il était plus jeune, déjà, il se réfugiait souvent dans cette poche d'ombre pour échapper à Ellis.

Ce dernier finit par me rejoindre.

— Il est blessé ?

— Blessé ? grondai-je. Tu as failli le tuer ! Ton propre fils ! C'est un miracle que le fantôme de Constance ne surgisse pas pour t'emporter et t'empêcher de nuire !

— Qu'elle vienne, rétorqua Ellis avec un sourire mauvais. Je n'attends que ça !

Puis il fit demi-tour, regagnant sa chambre à pas lourds.

Je m'installai à côté de la grande cheminée, dans le salon, pour bercer Branwell. Heureusement, il réussit à s'endormir rapidement. J'étais sur le point de m'assoupir à mon tour lorsque des pieds légers dévalèrent les escaliers.

Anna.

— Sarah ? appela-t-elle à mi-voix.

— Je suis là. Qu'est-ce que tu veux ?

Je lui avais répondu d'un ton sec. Ce soir-là, j'en avais plus qu'assez des Withens et de leur folie. La jeune fille n'en prit cependant pas ombrage. Elle se glissa à côté de moi, déposant au passage un baiser sur le front de son neveu endormi.

— Ellis est dangereux, souffla-t-elle. Pour moi, pour Bran, pour Heathcliff...

— Il finira par se calmer. La mort de Constance a été un choc pour lui.

J'avais répondu sans grande conviction, mais Anna ne se laissa pas prendre. Elle secoua la tête et déclara avec une sévérité que je ne lui connaissais pas :

— Tu sais que ce n'est pas vrai, Sarah. Tu le connais aussi bien que moi ! S'il doit changer, ce ne sera que pour devenir pire.

Dans l'âtre, une grosse bûche achevait de se consumer. Elle attrapa un tisonnier et remua les braises rougeoyantes, faisant voltiger quelques étincelles.

— Tu sais, reprit-elle, je pensais que je serais capable de patienter jusqu'à ma majorité. Après tout, Ellis ne nous tient que parce qu'il a le contrôle de notre héritage. Mais chaque jour, il nous fait davantage de mal. Il ne se passe pas une nuit sans que je prie pour que le Vent Gris l'emporte, ajouta-t-elle. Ironique, non ? Penser que cette maladie pourrait nous sauver...

— Le Vent Gris n'est pas un tueur à gages, dis-je.

Elle haussa les épaules.

— Peut-être. Néanmoins, qu'il le veuille ou non, il a une dette envers moi depuis qu'il a pris mon père.

Cette réplique préfigurait ce que le Vent Gris allait devenir pour Anna : une entité réelle. Vivante et protectrice.

— Ne t'inquiète pas, continua-t-elle en captant une lueur de doute dans mon regard. J'ai eu le temps de réfléchir à une autre solution...

— C'est-à-dire ?

— Daniel Ponden, répondit Anna.

Je ne compris pas tout de suite.

— L'héritier de la famille la plus riche et la plus puissante de Crosswind, ajouta-t-elle. Il pourrait racheter la moitié de la ville. Il pourrait racheter Withens Top... Tu saisis ?

— Non ! Quel rapport entre Daniel et ton frère ?

— C'est simple. Daniel peut m'aider à récupérer ce qu'Ellis m'a volé. Savais-tu que les résultats de Withens Industries sont en chute libre ces derniers mois ? Ellis est en train de couler l'entreprise familiale. Il ne restera plus rien de mon héritage lorsque j'atteindrai ma majorité. Mais imaginons que je me présente devant nos actionnaires avec les Ponden à mes côtés et un plan d'association commerciale entre nos deux familles...

— Tu veux renverser Ellis ? m'exclamai-je.

— Les avocats du père de Daniel travaillent déjà à la finalisation de l'accord. Oh ! ajouta-t-elle comme s'il s'agissait d'un détail, nous allons aussi nous fiancer.

Cette fois, j'étais abasourdie.

— Vous fiancer ? répétai-je. Comme ça, sur un coup de tête ?

— Je sais ce que tu penses, dit-elle, mais ce n'est pas un caprice d'adolescente, non plus qu'un simple arrangement pour me venger de mon frère. Daniel m'aime. Il me l'a avoué tout à l'heure.

— Et toi ? Est-ce que tu l'aimes aussi ?

— Bien sûr ! répliqua-t-elle, offusquée.

Je ne savais plus que croire.

— Que fais-tu de Heathcliff ? lui demandai-je alors. Pendant que tu montes tes plans avec ton beau Daniel, que devient-il, lui ?

Je regrettai aussitôt ma question. Un voile de tristesse venait de couvrir le joli visage d'Anna et la lueur farouche qui éclairait son regard s'était éteinte.

— Je monte encore souvent sur le toit, dit-elle, là où Heathcliff et moi avions l'habitude de jouer, enfants. Je laisse les vents tourbillonner autour de moi et je pense à ce qui se serait passé si mon frère n'était pas revenu à Crosswind ; si ses humiliations et ses brimades n'avaient pas fait de Heathcliff ce qu'il est aujourd'hui... Je suppose qu'il n'y aurait pas eu de Daniel. Il n'y aurait eu personne d'autre. Mais Ellis est revenu, la transformation a eu lieu, et jamais plus je ne pourrai être avec Heathcliff...

Alors qu'elle parlait, il y eut un mouvement dans le fond de la pièce. Je vis tout à coup la tête ébouriffée de Heathcliff émerger du dessous des escaliers. Il avait probablement écouté notre conversation et, ne voulant pas en entendre davantage, il se glissa sans bruit jusqu'à la porte d'entrée.

— Tu me prends sûrement pour une égoïste, Sarah, reprit la jeune fille. Mais Daniel est le seul moyen que j'ai de sauver Heathcliff d'Ellis. Je le tirerai hors de Withens Top et il pourra reprendre des études, devenir quelqu'un !

— Daniel est-il au courant de cette partie de ton plan ?

— Pas encore, répondit-elle. Je le lui expliquerai. Il acceptera, j'en suis certaine. Il le fera pour moi. Parce qu'il m'aime et parce qu'il comprendra vite que sans Heathcliff, je ne suis pas moi-même... Heathcliff n'est pas un ami, Sarah, non plus qu'un frère ou un amoureux. Il est une partie de mon être profond. Parfois, j'ai l'impression que nos esprits sont si fondus l'un en l'autre que nos pensées et nos émotions nous traversent tous les deux à la fois. Je souffre quand il souffre, je pleure quand il est triste et je ne peux être heureuse que s'il est heureux... Est-ce que tu comprends ? Rien ne pourra jamais nous séparer.

Elle ne croyait pas si bien dire.

Le lendemain, Heathcliff avait disparu.

Bien sûr, Anna fut la première à s'en rendre compte et elle insista jusqu'à ce que je lui avoue qu'il était avec nous dans le salon la veille, et qu'il avait probablement entendu la première partie de sa confession.

À ce moment-là, je pensais encore qu'il réapparaîtrait quand tout irait mieux. Mais Anna n'avait pas menti sur la force du lien qui les unissait. Comme si leurs deux esprits étaient réellement connectés, elle *savait* que Heathcliff était parti pour de bon ; elle semblait ressentir sa souffrance, physiquement. Elle s'aperçut très vite qu'il ne s'était pas présenté à son poste de travail et elle m'envoya au commissariat. Il était cependant trop tôt pour signaler officiellement sa disparition.

Elle passa la journée à courir d'étage en étage, frappant aux portes, mettant Daniel et le vieux Gibus à contribution pour l'aider dans ses recherches. Ce dernier protesta en vain. La jeune fille resta inflexible.

Quand vint le soir, Heathcliff était toujours introuvable. Anna finit par congédier tout le monde. Puis, sans prendre la peine de se couvrir, elle se posta sur le toit, d'où elle pouvait surveiller le réseau des passerelles aériennes.

Nous approchions du printemps. Les journées s'allongeaient doucement, et depuis près d'une semaine le ciel était clair et dégagé, offrant la ville aux doigts glacés des vents. Debout sur ce toit, au-dessus de la ville qui plongeait peu à peu dans la nuit, Anna ressemblait à l'un de ces fantômes qui peuplent les légendes de Crosswind. Les bourrasques plaquaient sa fine robe de soie beige contre son corps, nimbant sa silhouette d'un halo clair tandis que ses longs cheveux noirs dansaient sur ses épaules, uniques signes de vie dans ce triste tableau.

M'approchant d'elle pour la convaincre de rentrer, je croisai son regard et pris peur. Car Anna fixait un horizon qui n'appartenait pas à ce monde.

Et ce regard-là, je l'avais déjà vu, chez tous ceux que le Vent Gris avait emportés.

Je revins poser un plaid sur ses épaules. Elle ne broncha pas. N'écouta ni mes ordres ni mes supplications. De temps en temps, elle paraissait revenir au monde réel, elle hurlait le nom de Heathcliff. Puis elle retombait dans une torpeur résignée et silencieuse. Lorsque la toile noire du ciel commença à se fragmenter au petit matin, elle était toujours là.

C'est à ce moment qu'Ellis émergea de sa chambre et qu'il me demanda pourquoi j'enchaînais les allées et venues entre le salon et la terrasse. Je fus obligée de lui répondre. La mâchoire crispée, il sortit aussitôt pour aller chercher sa sœur.

Il y eut des cris, il y eut des insultes, il y eut des pleurs. Anna refusait de quitter ce toit, comme s'il s'agissait d'un abandon, comme si cela signifiait pour elle la disparition de Heathcliff… Son frère finit par la jeter sur ses épaules et il la ramena de force à l'intérieur. Anna le frappait, se débattait. Il fallut l'enfermer dans sa chambre pour l'empêcher de fuir, mais elle ne se calma pas. Prise de panique à l'idée qu'Ellis finisse par la faire taire pour de bon, j'envoyai Gibus à la recherche du docteur Ponden.

Lorsque le médecin arriva enfin, il trouva Anna gisant au pied du lit, inanimée.

Elle reprit connaissance…

Mais elle fut ensuite la proie d'hallucinations inquiétantes et le diagnostic du docteur ne tarda pas à tomber. Le mal du Vent Gris n'avait pas écouté ses prières. Anna l'avait appelé pour son frère, et c'était elle qu'il venait prendre.

Locke

Les épaules de Sarah s'étaient affaissées et elle se tut un moment. Craignant qu'elle ne prenne congé avant de m'avoir révélé la suite de cette histoire, j'ai fini par lui demander :

— Anna en est-elle morte ?

Elle a secoué la tête.

— Il lui a fallu près de six mois pour se rétablir, veillée par la famille Ponden au complet. Elle est ainsi devenue la première personne à survivre au Vent Gris. Des dizaines de médecins se sont succédé à son chevet pour étudier son cas... Tout le monde connaît cette histoire, ici. Mais il est vraiment temps que je vous laisse, monsieur Wood. Je reviendrai plus tard pour continuer cette histoire.

Sarah s'est levée, lissant sa robe du plat de la main. Avant de partir, elle a pris le temps d'inspecter le contenu de mes placards et l'état de la réserve de bois.

— Vous aviez l'intention de mourir de faim et de froid à la fois? a-t-elle demandé. Bon, je vous enverrai un livreur pour remédier à cela. En attendant, faites-moi le plaisir de surveiller ce feu, d'accord?

Je l'ai raccompagnée jusqu'à la porte d'entrée, et nous nous sommes dit au revoir.

Après son départ, j'aurais voulu m'installer dans le salon, face à la baie vitrée, pour observer le jour mourir sur les tours de Crosswind; peut-être aurais-je eu le goût d'ouvrir l'un de mes carnets et d'y écrire quelques lignes... Mais la fièvre était toujours là, faisant monter un goût âcre dans ma gorge, séchant mes yeux et mes poumons, affaiblissant mon corps tout entier.

Je me suis glissé dans mon lit, bientôt rejoint dans mes rêves par les lèvres rouges et le parfum envoûtant de Sarah.

Locke

Sarah a tenu parole. Le lendemain, deux livreurs frappaient à ma porte, apportant assez de provisions et de bois pour l'hiver. J'ai trouvé un message attaché au goulot d'une bouteille de vin : « *Je dois m'absenter quelques jours, nous la boirons pour fêter mon retour* », disait-elle. Moi qui avais espéré la revoir rapidement…

J'étais d'autant plus déçu que les heures à venir s'annonçaient d'un ennui mortel. Au-dehors, la tempête commençait à peine à perdre de la vigueur et tous les moyens de communication étaient coupés. Internet ne fonctionnait pas, non plus que le téléphone, et l'écran du salon ne diffusait qu'une neige – encore elle ! – grise et crépitante.

Cet isolement forcé me rendait fou. J'imaginais les mails s'amonceler dans ma boîte. Peut-être cherchait-on à me joindre pour une urgence ? Et si mon éditeur, à qui j'avais promis un nouveau roman depuis plus d'un an, commençait à *vraiment* s'impatienter ?

Par la fenêtre, des nuées de fend-la-bise tournoyaient avec grâce dans le vent, portant des messages d'une tour à l'autre. Heathcliff avait raison. Ces oiseaux étaient précieux, ici. J'aurais donné cher pour en avoir un, moi aussi, même si je n'avais personne à contacter à Crosswind.

Au bout de deux jours, n'en pouvant plus d'ennui, je me suis installé dans la bibliothèque pour en examiner le contenu. Il y avait là une belle collection d'ouvrages de médecine qui voisinait avec des manuels scolaires, des livres pour enfants, une série de romans français – des éditions anciennes, sans doute précieuses.

Et des albums photo.

J'en ai attrapé un, au hasard. Un cliché glissé entre les pages est tombé sur mes genoux. C'était celui d'une jeune fille aux cheveux noirs, qui souriait à l'objectif. Les battements de mon cœur se sont accélérés. Anna ! Certes, une Anna plus âgée que celle qui m'était apparue lors de cette horrible nuit à Withens Top... Mais c'était elle, je la reconnaissais ! Comment était-ce possible ? Comment avais-je pu l'imaginer de manière si précise alors que je ne l'avais jamais vue avant de découvrir cette photo ? Je tremblais, tout à coup. Je m'étais convaincu jusque-là que son apparition, à la fenêtre de la chambre de Withens Top, n'était qu'un cauchemar... Avais-je vraiment vu son fantôme ?

J'ai feuilleté les pages de l'album avec plus d'attention.

Anna avec un grand homme blond, probablement Daniel ; Anna taquinant une petite fille au visage poupin

– Alice, ai-je supposé ; Anna au milieu d'une bande de jeunes gens hilares, qui levait une coupe de champagne face au photographe... Il y en avait des dizaines. Les derniers clichés, quant à eux, étaient consacrés à une unique personne : un bébé joufflu, qui grandissait au fil des pages jusqu'à devenir une fillette aux cheveux aussi dorés que bouclés, puis une jeune fille au regard farouche. Je n'avais aucune idée de son identité, et je me suis promis de questionner Sarah lors de sa prochaine visite.

Le lendemain, je me suis réveillé dans un état terrible. La douleur pulsait sous mon crâne, faisant pression sur mes yeux et m'empêchant de les garder ouverts, mes muscles me lançaient au moindre mouvement. J'ai réussi à me lever pour boire et remettre un peu de bois dans la cheminée puis, vidé de mes forces, je suis retourné me coucher.

Je crois que c'est à ce moment que j'ai commencé à délirer.

J'étais de retour à Withens Top, dans la chambre où j'avais passé une nuit ; je rêvais du fantôme d'Anna, de ses doigts glacés sur ma peau et de la froideur qui coulait dans mes veines, lentement, jusqu'à figer mon sang. D'énormes oiseaux noirs s'abattaient sur moi, labourant mon visage de leurs serres effilées, et je basculais par-dessus le parapet d'une passerelle en hurlant. Un tourbillon de brume opaque qui se mouvait comme une entité vivante m'enveloppait avant de m'étouffer, moi et mes cris.

Je me suis réveillé en sueur, incapable de repousser les lambeaux de panique qui enserraient ma poitrine.

Tels de funestes échos, les mots que Sarah avait prononcés à propos du mal du Vent Gris me sont revenus en mémoire.

Est-ce qu'il venait pour moi ?

En fin d'après-midi, alors que je n'arrivais pas à trouver le sommeil, je me suis traîné jusqu'au salon pour observer la ville à travers la baie vitrée. Une obscurité précoce était tombée sur les toits de Crosswind, forçant les habitants à allumer leurs lampes. C'est alors que je me suis rendu compte que plus de la moitié des fenêtres restaient noires.

Tout à coup, j'ai suffoqué. J'imaginais ces appartements vidés de leurs habitants par le Vent Gris, et ma toux a redoublé d'intensité, enflammant mes poumons. Plusieurs fois, j'ai senti les larmes me monter aux yeux, persuadé que j'allais mourir seul, dans cette ville isolée.

C'est pendant l'un de ces accès de panique que Sarah m'a surpris.

— Mon Dieu, Locke ! s'est-elle exclamée en me voyant. Que vous est-il arrivé ?

Je me souviens de ses mains, si fraîches sur ma peau brûlante... Je peinais à tenir debout.

Sarah m'a soutenu jusqu'à ma chambre, me forçant à me rallonger.

— Il vous faut un médecin, a-t-elle dit.

Puis elle est repartie.

Je garde l'impression d'avoir oscillé entre somnolence et inconscience pendant de longues minutes, quand la figure barbue du docteur a surgi au-dessus de mon lit. Il a repoussé ma couverture pour m'ausculter, les sourcils froncés.

J'ai bredouillé quelques mots.

— Le Vent Gris ? a-t-il répondu. Oh non, monsieur Wood ! Aussi inexplicable que cela puisse paraître, cette maladie-là ne touche que les gens de Crosswind. Vous souffrez d'une simple pneumonie ! Enfin, simple...

Les médicaments ont rapidement apaisé ma toux, mais je demeurais très faible et j'ai passé la plus grande partie des jours suivants à dormir.

Jusqu'à ce qu'un matin, je me réveille l'esprit étonnamment clair.

J'ai marché jusqu'à la bibliothèque, rembobiné la cassette de mon dictaphone et réécouté l'enregistrement de l'histoire de Sarah.

Une première fois.

Une seconde fois.

Puis j'ai attrapé un carnet et j'ai commencé à écrire. C'était un miracle. Je n'avais plus peur de me retrouver devant une page blanche – comment aurais-je pu craindre quelque chose d'aussi insignifiant, après avoir cru mourir ?

J'écrivais.

Il m'a fallu un peu moins de quarante-huit heures pour coucher sur le papier la première partie du récit de Sarah, et ce n'est que lorsque je suis arrivé à la disparition de Heathcliff que je me suis enfin arrêté.

Je n'avais plus qu'à attendre la suite.

Par chance, Sarah me rendit visite le soir même. Nous avions une bouteille à boire et la fin d'une histoire à partager.

Sarah

Où en étions-nous, monsieur Wood ? Ah, la maladie d'Anna, bien sûr.

N'importe qui aurait baissé les bras en découvrant qu'Anna avait contracté le Vent Gris. Mais Daniel était là, prêt à tout pour sauver celle qu'il aimait, poussé par une énergie tirée du désespoir.

Sa mère et lui décidèrent de rapatrier Anna à Ponden Tower, et le jeune homme cessa d'aller en cours pour rester à son chevet. Il lui lisait des romans, lui passait de la musique et parlait à son oreille pendant des heures tandis que sa mère se démenait pour trouver un remède au Vent Gris. Il faut croire qu'ils s'occupèrent bien d'elle. Peu à peu, Anna reprit des forces. Le miracle attendu était en train de se produire ! Elle eut tout de même besoin de longs mois de repos pour se remettre totalement... Mois dont elle profita pour peaufiner le plan d'attaque qu'elle avait conçu avec Daniel et ses parents.

Un an après la disparition de Heathcliff, Ellis perdit le contrôle des industries Withens. Anna lui laissa juste assez d'argent pour élever Branwell et elle lui abandonna le grand appartement de Withens Top – elle ne voulait plus y mettre les pieds, pas après tout ce qui s'y était passé.

Inutile de vous préciser que cela plongea Ellis dans une rage folle… Persuadé que j'avais joué un rôle dans les machinations de son démon de sœur, comme il l'appelait, il me jeta dehors et je dus m'habituer à vivre avec la crainte d'apprendre, un jour, que quelque chose de grave était arrivé à Branwell. Anna et Daniel se sentaient sûrement coupables de mon renvoi. Ils m'encouragèrent à reprendre mes études, puis ils me proposèrent un poste au sein de leur entreprise.

Tous deux formaient un duo solide, aussi bien dans leur couple que dans les affaires. Anna s'était endurcie, devenant une redoutable gestionnaire financière. Elle traversait parfois des périodes sombres, et la maison s'enfonçait pour un temps dans la mélancolie et le silence. Mais l'attention de Daniel finissait toujours par l'en sortir.

Peu après leurs fiançailles, un tragique événement les rapprocha encore. Les parents Ponden contractèrent à leur tour le Vent Gris. Ils furent emportés en quelques semaines. Anna comprenait la douleur de Daniel et d'Alice mieux que quiconque et, à partir de ce moment, Ponden Tower devint pour eux un cocon protecteur.

Le soir des vingt-deux ans d'Anna, je fus retenue au bureau par un dossier urgent. Nous avions prévu de célébrer l'événement par un dîner en petit comité. J'arrivai à Ponden Tower avec une heure de retard et, lorsque les portes de l'ascenseur s'ouvrirent sur le dernier étage, je me retrouvai face à un homme de haute taille, qui attendait là.

— Sarah ? dit-il.

Je levai les yeux.

Et poussai une exclamation de surprise.

— Heathcliff ? C'est... c'est toi ?

— Quoi ? demanda-t-il. J'ai tant changé que cela ?

Il n'avait seulement pas changé, il était devenu un autre homme !

Son teint était toujours aussi mat, mais ses cheveux – naguère fous – ondulaient doucement sur ses tempes, enfin disciplinés, encadrant un visage qui avait perdu le flou de l'adolescence. Ses épaules n'étaient plus affaissées, il se tenait droit, solide et sûr de lui. Un costume à fines rayures grises mettait sa haute silhouette en valeur, laissant deviner une belle musculature sous le tissu délicat.

— Cela fait presque une heure que j'attends sur ce palier, reprit-il. Je n'ose pas frapper... Est-ce qu'elle est ici ?

Une pointe d'accent, que je ne reconnaissais pas, épiçait sa voix.

— Tu lui as brisé le cœur en t'enfuyant sans un mot d'explication ! m'exclamai-je. Tu ne peux pas ressurgir comme ça, le soir de son anniversaire !

— Peux-tu lui dire que je suis là ? Je t'en prie, Sarah, j'ai besoin de lui parler.

Il frappa pour moi avant de s'effacer dans l'ombre du couloir et j'entrai seule. Anna, Daniel et Alice étaient dans le salon, une coupe de champagne à la main.

— Désolée, déclara cette dernière, mais on avait trop soif pour t'attendre !

Puis ils remarquèrent mon visage bouleversé.

— Qu'est-ce qu'il se passe ? demanda Anna.

Je ne pouvais pas parler, alors je me contentai de lui désigner la porte d'un geste de la tête.

— C'est lui ? murmura-t-elle, soudain blême.

J'acquiesçai. Elle se glissa à l'extérieur, tremblant de tous ses membres.

— Qui est-ce ? questionna Daniel sitôt qu'elle eut disparu.

— Heathcliff.

À son tour, il perdit toute couleur. Je le vis lutter pour garder son calme. Il tourna un moment dans le salon, les poings serrés, jura plusieurs fois...

Anna revint au bout de quelques minutes, toujours aussi pâle, pour courir se blottir contre lui.

— Oh, Daniel, Daniel ! C'est incroyable, Heathcliff est là... Il est revenu !

— Fantastique, répondit-il, avant de prendre conscience de sa rudesse et d'ajouter : Eh bien, ne le laisse pas attendre sur le palier ! Alice, sors une coupe de plus, s'il te plaît.

Anna était trop émue pour bouger. Je retournai donc chercher Heathcliff moi-même. Un silence lourd comme du plomb l'accompagna jusqu'au salon. Tout le monde le fixait, bouche bée, face à sa transformation. À côté de Daniel, il paraissait encore plus grand et fort et une froide intelligence brillait au fond de ses yeux noirs.

Ce fut une étrange soirée. Anna et Heathcliff ne se quittaient pas du regard, plongés dans une joie si grande, si personnelle, que nous ne pouvions que nous sentir exclus.

Lorsqu'il se leva enfin pour prendre congé, Anna le raccompagna, refusant qu'il parte avant de l'avoir serrée dans ses bras.

— Demain, je penserai avoir rêvé, murmura-t-elle. Comment as-tu pu m'abandonner aussi longtemps, Heathcliff ? Tout le monde disait que tu étais mort !

— Mais tu savais que c'était faux, répondit-il.

— J'ai failli me laisser emporter par le désespoir.

Les traits de Heathcliff s'assombrirent tandis qu'il caressait ses cheveux brillants.

— Je l'ai senti… J'ai tout ressenti. Je suis là maintenant, Anna, et je ne te laisserai plus jamais.

Il ne mentait pas. À partir de cet instant-là, ils se virent tous les jours. Ils passaient des heures à se promener le long des passerelles, comme lorsqu'ils étaient enfants, et s'appelaient très souvent.

Daniel en fut un temps inquiet. Ses traits étaient chiffonnés, son regard perpétuellement soucieux, et une fois, une seule, il se disputa avec Anna à ce sujet. Mais la jeune femme semblait planer au cœur d'un bonheur trop vaste pour elle et cette joie de vivre rejaillit sur tout le monde.

Heathcliff, quant à lui, n'avait rien perdu de sa réserve. Il paraissait toujours incapable d'exprimer le moindre sentiment, et je suppose que cela contribua beaucoup à la détente de Daniel. Ce dernier accepta même qu'Alice accompagne Anna à Withens Top, un jour où celle-ci rendait visite à son ami retrouvé. Car aussi étrange que cela puisse paraître, c'était là que Heathcliff s'était installé... Comment Ellis avait-il pu accepter de l'héberger, lui qui le détestait plus que tout ?

— Il est monté là-haut dès qu'il est arrivé à Crosswind, me répondit Anna lorsque je lui posai la question. Il pensait m'y retrouver, mais il est tombé sur Ellis qui a transformé notre vieil appartement en salle de jeu clandestine. Heathcliff s'est joint à la partie de poker en cours, il a gagné et il a effacé la dette de mon frère en échange d'une chambre à Withens Top.

— C'est un peu étonnant que Heathcliff se soit installé chez celui qu'il considère comme son pire ennemi, tu ne trouves pas ?

Anna se contenta de hausser les épaules. Après tout, qu'est-ce que Ellis avait à craindre ? semblait-elle dire. Il ne pouvait pas tomber plus bas qu'il ne l'était déjà.

Alice Ponden était devenue une ravissante jeune fille. Elle était intelligente et vive, quoique capricieuse et un peu trop consciente de sa beauté. Anna, qui la considérait comme sa sœur, avait beaucoup d'affection pour elle.

Son caractère changea pourtant du jour au lendemain. Tout à coup, elle devint maussade, cinglante... Elle perdit l'appétit, refusa un matin de retourner au lycée et, quand Anna lui en demanda la raison, elle entra dans une colère noire.

— Tout est ta faute! s'écria-t-elle. Tu me rends malade! Tu me parles comme si tu étais mon amie, puis tu m'écartes pour que je ne te fasse pas d'ombre!

— Je t'écarte? répéta Anna. Mais de quoi?

— Tu m'interdis de venir lorsque tu sors en ville avec Heathcliff et tu me renvoies dans ma chambre lorsqu'il est ici, sous le toit de mon propre frère!

S'il y avait une chose à laquelle Anna ne s'attendait pas, c'était bien cela. Elle ouvrit de grands yeux étonnés.

— Pardonne-moi, mais je ne savais pas que la compagnie de Heathcliff te passionnait à ce point.

— Arrête, répliqua Alice. Je ne suis pas stupide. Tout ce que tu veux, c'est le garder pour toi... Tu as peur que ton Heathcliff adoré regarde quelqu'un d'autre!

Anna se tourna vers moi.

— Mon Dieu, Sarah, tu entends ça? s'exclama-t-elle. Cette petite idiote est tombée amoureuse de Heathcliff! Je suppose qu'elle ne me croira pas si je lui dis qu'il est incapable d'aimer quelqu'un d'autre que lui-même. Parle-lui de sa véritable personnalité, toi qui le connais depuis toujours!

— Elle a raison, Alice, répondis-je. Ne te laisse pas aveugler par le visage et les manières de Heathcliff. Sa vie ne sera jamais consacrée qu'à écraser ceux qui l'ont un jour lésé et il est persuadé que ton frère en fait partie. Il fera de toi son jouet s'il le peut. Pose-toi les questions suivantes : d'où vient sa fortune ? Où était-il pendant toutes ces années ? Et pourquoi habite-t-il à Withens Top, chez un homme qu'il déteste ?

Alice ne voulut pas en entendre plus. Elle monta dans sa chambre, attrapa son sac de cours puis quitta l'appartement en claquant violemment la porte derrière elle.

Lorsqu'elle rentra du lycée, en fin d'après-midi, Heathcliff était là.

Elle fut déstabilisée et se dépêcha de disparaître. Anna eut tort cependant de croire que la situation en resterait là. Quelques minutes plus tard, Alice revenait, maquillée et vêtue d'une robe au décolleté plongeant. Une lueur moqueuse brillait au fond de ses yeux.

— Tu as l'intention de sortir ? demanda Anna, qui n'avait rien perdu de son manège.

Alice secoua la tête sans lâcher Heathcliff du regard.

— Sérieusement, quand est-ce que tu vas arrêter ce petit jeu ? soupira Anna, avant d'ajouter à l'intention de Heathcliff : Cette jeune fille croit qu'elle est amoureuse de toi.

— Vraiment ? répondit-il avec un sourire poli.

Alice s'était décomposée.

— Je suis sûre que tous les garçons du lycée sont à tes pieds, reprit Anna. Mais ils ne t'intéressent pas. Pas assez bien pour toi, trop... immatures, peut-être ? Heathcliff, lui, a l'air si mystérieux, si attirant. N'hésite pas, Alice, avoue-lui tes sentiments ! C'est le moment ou jamais !

— Pourquoi est-ce que tu fais ça ? dit-elle au bord des larmes.

— Je t'offre la chance dont tu rêvais. Tu voulais être mise en avant, non ? Tu voulais que Heathcliff fasse attention à toi ? C'est le cas.

— Je ne te savais pas aussi cruelle, Anna, remarqua l'intéressé d'un ton toujours égal. Laisse donc cette jeune fille tranquille.

Ce fut la goutte d'eau pour Alice, qui s'enfuit de Ponden Tower en étouffant à grand-peine ses sanglots.

— Qu'est-ce qui t'a pris ? demanda Heathcliff. Elle ne te pardonnera pas une telle humiliation.

— C'est un risque que je veux bien courir, répondit Anna, tant que cela suffit à la tenir loin de toi... J'aime trop Alice, mon cher Heathcliff, pour l'abandonner entre tes griffes.

Il haussa les épaules.

— Et moi, je l'aime trop peu pour apprécier le jeu. Ses yeux ressemblent horriblement à ceux de son frère, ajouta-t-il avec un air de dégoût.

Mais une lueur d'intérêt était née dans son regard, qui ne devait pas s'éteindre de sitôt.

C'est à partir de ce moment-là que je commençai à rêver d'Ellis. Je nous revoyais enfants, à étudier ensemble devant la cheminée de Withens Top ou à jouer sur le toit, essayant d'attraper des fend-la-bise. Puis tout à coup, son visage se transformait. Il était en sang, les dents brisées, les yeux cernés de poches noires. Sa bouche s'animait d'une manière horrible, appelant à l'aide... M'appelant moi! Et je me réveillais en sursaut, avec la certitude que celui qui avait été mon ami le plus proche était maintenant mort.

Il faut dire que des rumeurs circulaient en ville. On racontait que les soirées se succédaient à Withens Top et que Heathcliff encourageait sa consommation d'alcool et de drogue.

J'avais toujours eu des soupçons sur l'origine de sa richesse – on ne fait pas fortune aussi rapidement en restant honnête. Heathcliff avait renoué avec les moins fréquentables de ses contacts, héritage de l'époque où il traînait dans les rues glauques de Crosswind, et ceux-ci multipliaient les allées et venues à Withens Top. Il avait pris le contrôle des différents réseaux clandestins de la ville, j'en étais certaine.

Avec tout mon courage, je me décidai finalement à rendre visite à Ellis. Un soir, après le travail, je pris donc la direction de Withens Top. La fin du printemps approchait. L'air était doux, les vents étonnament calmes. Je n'avais pas marché dans les rues de Crosswind depuis longtemps, et j'avais l'impression de redécouvrir la ville. L'ombre gigantesque des tours, celle des passerelles qui traçaient des lignes droites sur le trottoir, les maisons anciennes encastrées entre deux buildings de verre...

J'eus un premier choc en arrivant au pied de Withens Top. Vue d'en bas, la tour avait l'air abandonnée! Les vitres des étages inférieurs étaient brisées et les intérieurs vides, jonchés de débris et de flaques d'eau croupie. Lorsque j'étais enfant, des centaines de personnes vivaient ici. Le Vent Gris avait fait des dégâts, bien sûr, et nombreux étaient ceux qui avaient fui Crosswind pour lui échapper, mais cela n'expliquait pas tout.

Je m'approchai. Une petite tête brune se colla alors contre l'une des vitres branlantes du rez-de-chaussée.

Je sursautai. C'était le fantôme d'Ellis enfant, tel qu'il hantait mes rêves ! J'étais si ébranlée qu'il me fallut quelques secondes pour comprendre mon erreur.

— Branwell ?

Il avait déjà disparu. Je me précipitai à l'intérieur, en direction de l'appartement où je l'avais repéré. Il m'y attendait, un long tesson de verre dans la main, qu'il tendit vers moi comme une arme.

— Bran ? m'écriai-je. C'est moi, Sarah ! Tu te souviens de moi ?

— Foutez le camp, répliqua-t-il avec un air buté. Vous êtes pas chez vous ici !

Et il jeta le tesson dans ma direction.

— Eh, ça ne va pas ? Qui est-ce qui t'a appris à accueillir les gens de cette manière ?

— Mon père, répondit-il. Dehors, l'emmerdeuse !

— C'est ton père aussi qui t'apprend à parler comme ça ?

— Non, ça c'est Heathcliff.

Il se calma après l'avoir mentionné, et j'en profitai pour lui demander ce qu'il pensait de ce fameux Heathcliff.

— Il rend à mon père ce qu'il me fait, dit-il. Par exemple, il l'insulte quand lui m'insulte… Vous voyez ? Et il dit qu'on doit me laisser tranquille.

Branwell n'allait pas à l'école, et la belle époque des professeurs particuliers était révolue. J'avais le cœur serré face à cet enfant que j'avais élevé.

Pourquoi n'avais-je pas insisté pour le garder avec moi ? Pourquoi n'avais-je pas essayé de venir le voir plus tôt ? Je me sentais si coupable ! Mais mes questions l'ennuyèrent vite et il s'enfuit, détalant à travers le labyrinthe d'appartements abandonnés. Je pris l'ascenseur jusqu'au dernier étage, frappai plusieurs fois à la porte… En vain.

Sur le chemin du retour, je décidai d'en parler à Anna. Après tout, le garçon était son neveu et elle était la seule à avoir de l'emprise sur Heathcliff. Peut-être saurait-elle le convaincre de nous le confier ?

Je passai devant l'entrée d'un petit square, non loin de là, quand deux silhouettes familières attirèrent mon attention. C'était Alice, vêtue d'une robe bleu pastel… dans les bras de Heathcliff ! Mon sang ne fit qu'un tour. Je restai figée, le temps de les voir s'embrasser, puis je courus jusqu'à Ponden Tower.

Anna était assise dans le sofa du salon, son ordinateur sur les genoux, une pile de rapports posés à ses côtés.

— Sarah ? s'écria-t-elle en me voyant arriver, essoufflée par ma course. Ne me dis pas que j'ai oublié un rendez-vous ?

Je secouai la tête.

— Je suis désolée de t'annoncer cela, mais je viens de voir Heathcliff avec Alice!

Elle ferma l'ordinateur d'un geste sec.

— Quoi?

— Au square, à cinquante mètres d'ici. Il l'embrassait.

Anna m'observa quelques secondes, comme si elle me jaugeait. Elle tentait de garder son calme, mais ses doigts tremblaient légèrement.

— Très bien, finit-elle par répondre. Il doit passer en début de soirée, avant que Daniel ne rentre. Reste avec moi, d'accord? Je préférerais que tu sois là quand nous réglerons ce... problème.

L'attente fut pénible. Anna avait rouvert son ordinateur, la manière dont elle pianotait sur les touches du clavier trahissait son émotion.

Enfin, Heathcliff arriva.

La maîtresse de maison leva la tête, un instant seulement, avant de se replonger dans son travail. Il comprit tout de suite que quelque chose n'allait pas.

— « J'aime trop Alice, mon cher Heathcliff, pour l'abandonner entre tes griffes », attaqua Anna. Quand j'ai prononcé cette phrase, qu'as-tu compris au juste?

— Oh, soupira-t-il. C'est donc ça.

— Oh? Mais qu'est-ce que tu crois faire? Si Daniel apprend que tu t'emploies à séduire sa sœur, tu ne pourras plus jamais mettre les pieds ici! C'est ce que tu cherches?

Il haussa les épaules.

— Que Daniel vienne donc me l'expliquer lui-même. Plus je le vois, plus l'envie me démange de lui briser la nuque.

— Tais-toi! explosa Anna en bondissant du sofa. Bon sang, Heathcliff, pour qui est-ce que tu te prends?! Je ne t'ai demandé qu'une seule chose, laisser Alice tranquille! Et tu l'embrasses dans mon dos, toi qui crachais sur ses yeux horribles il y a deux semaines!

— Et qu'est-ce que ça peut bien te faire, au fond? gronda-t-il. Tu n'es pas avec moi, que je sache, je n'ai pas à te demander la permission d'embrasser qui que ce soit et tu n'as pas à piquer de telles crises de jalousie.

Anna eut un rire aussi sec qu'une pluie de grêle.

— Il ne s'agit pas de jalousie, Heathcliff, il s'agit de confiance! Réponds à cette seule question : est-ce qu'Alice te plaît? Si oui, tu es libre de l'embrasser autant qu'il te plaira, tu peux même l'épouser si ça te chante! Mais elle ne te plaît pas. J'ai tort?

Il la rejoignit à grands pas et attrapa son menton pour lever son visage vers lui. Un instant, j'eus peur qu'il la frappe.

— Ce n'est pas à toi de décider ce que je suis libre de faire ou non, murmura-t-il. Veux-tu qu'on parle de toi maintenant, Anna? De la manière dont tu me traites? Le bel accueil que tu m'as réservé depuis mon retour n'efface pas le passé, pas plus que tes sourires n'effacent ton choix. Ponden plutôt que moi; la richesse, le prestige et le confort plutôt que les sentiments véritables. Alors s'il te plaît, ne viens pas me donner de leçons… Et merci pour m'avoir révélé le secret de la jolie petite Alice, j'en ferai un excellent usage, je te le promets.

La porte d'entrée s'ouvrit sur Daniel. À son expression, je compris qu'il avait entendu leur conversation.

— Comment peux-tu supporter sa présence ? s'écria-t-il en se tournant vers sa femme. Comment oses-tu accepter un tel homme chez nous ?

— Tu écoutes aux portes, Daniel ? rétorqua-t-elle.

Elle était furieuse que son compagnon s'immisce dans leur dispute. Heathcliff éclata de rire et Daniel posa son regard sur lui.

— J'ai été assez indulgent avec vous, Heathcliff. Je n'ai pourtant jamais changé d'avis à votre sujet. Vous êtes capable de semer le trouble dans les endroits les plus tranquilles. Le Vent Gris lui-même n'est probablement pas aussi dangereux que vous ! Partez d'ici, à présent, ou je vous mettrai dehors.

— J'ai hâte de voir ça, répondit Heathcliff, le toisant avec un sourire méprisant. Regarde, Anna, ton mollasson de mari essaie de me menacer !

Il feignit de bondir sur Daniel. Celui-ci recula brusquement, devenu blême, et le sourire de Heathcliff s'élargit.

— Vraiment, c'est cet être faiblard et ridicule que tu m'as préféré ? On dirait qu'il va s'évanouir ! ajouta-t-il en lui donnant une petite claque sur la joue.

Daniel choisit ce moment pour le frapper en pleine gorge. Heathcliff suffoqua, la respiration coupée.

— Arrêtez ! hurla Anna en courant vers eux.

Il fallut quelques secondes à Heathcliff pour retrouver son souffle. Daniel en profita pour quitter l'appartement et courir chercher des renforts aux étages inférieurs.

— Je vais le tuer, s'écria Heathcliff en se redressant enfin. Je vais lui briser les côtes une par une!

Anna le gifla. Elle se tenait debout devant lui, les mains sur les hanches, les yeux brûlants de fureur.

— Sors d'ici tout de suite, articula-t-elle. Je ne veux plus jamais te voir.

Heathcliff soutint son regard un instant. Puis, comme des bruits de cavalcade nous parvenaient depuis le couloir, il fit coulisser la baie vitrée et s'enfuit par la passerelle aérienne.

Anna attendit qu'il ait disparu pour s'effondrer.

— Aide-moi à rejoindre ma chambre, murmura-t-elle comme je me précipitais vers elle pour la soutenir. Je veux juste dormir et oublier ce cauchemar.

Locke

L'histoire de Sarah est en train de devenir une obsession et j'ai l'impression, de plus en plus prononcée, que je *dois* l'écrire.

Alors je travaille, encore et encore, à une allure que je n'avais jamais imaginée possible.

Hier soir, tard dans la nuit, je me suis surpris à piquer du nez sur mon bureau alors que je tentais de retranscrire les dernières paroles de Sarah. C'est le vent qui m'a réveillé, cinglant violemment les panneaux de la baie vitrée, et la tempête n'a paru s'apaiser que lorsque j'ai enfin rallumé mon ordinateur.

Est-ce l'isolement qui commence à agir sur mon esprit ?

Il me faut continuer.

Le vent te prendra
de Locke B. Wood, extrait

Anna se retourna lentement dans le lit, repoussant la couverture. Depuis combien de temps était-elle allongée ? Elle était incapable de le dire. Incapable de se souvenir de ce qui s'était passé avant qu'elle ne se retrouve ici, les yeux flottant dans le vide, le corps baignant dans un monde d'ouate et de silence. Elle leva la main au-dessus de son visage, déplia ses doigts. Ses gestes étaient ralentis, comme si l'air avait acquis une consistance nouvelle.

Puis elle se redressa.

La chambre, autour d'elle, lui parut incomplète et il lui fallut un moment pour comprendre d'où provenait cette impression : sa vieille commode avait disparu. Était-on venu l'enlever pendant qu'elle dormait ?

Il y avait aussi cet épais tapis de laine grise, dont le contact la surprit lorsqu'elle posa les pieds par terre... Elle ne se rappelait pas l'avoir vu auparavant. Que s'était-il passé ? Et pourquoi sa mémoire semblait-elle lui faire défaut ? Elle avait chaud, tout à coup. Elle marcha jusqu'à la fenêtre, chancelante – pourquoi était-elle si faible ? –, puis elle fit largement coulisser la baie vitrée.

Une brise douce mais fraîche dissipa aussitôt la matière cotonneuse qui avait envahi son monde. Elle comprit soudain pourquoi tout lui avait paru si peu familier. Elle n'était pas à Withens Top, dans sa chambre d'enfant, elle était en face, à Ponden Tower.

Anna ne portait qu'une fine chemise de nuit et la collerette de métal qui cerclait la tour était glacée sous ses pieds nus. Elle laissa le froid remonter le long de ses jambes. Peu à peu, il réveillait sa chair endormie, la ramenait à la vie.

En même temps ressurgissait le souvenir de la douleur, faisant pulser son corps tout entier au rythme de son âme déchirée.

Déchirée par quoi ? Elle ne voulait pas le savoir.

Un vent plus fort se leva bientôt, qui l'enveloppa comme la douce main d'un colosse de brume. Les pans de sa chemise de nuit voletèrent sur ses genoux, une mèche de cheveux glissa devant ses yeux. Et des bribes de voix familières vinrent jusqu'à elle, portées par le souffle d'air.

Anna se figea, écoutant avec attention.

Était-ce elle que les voix appelaient ? Elle entendait son prénom, chahuté, chuchoté par le vent.

La jeune femme fit un pas en direction de la passerelle. Le brouillard du matin floutait les contours des tours et noyait les rues de Crosswind en contrebas.

Anna avança encore. Elle avait l'impression qu'il y avait quelqu'un au bout de la passerelle. Il fallait qu'elle le rejoigne, il l'attendait.

— Anna?

Une nouvelle voix avait retenti.

Différente, plus coupante, plus... réelle.

— Anna! Attends!

Elle se retourna enfin. Sarah courait vers elle, l'air affolée.

— Où vas-tu? s'écria-t-elle. Tu vas attraper mal!

Elle la saisit par l'épaule et la força à revenir en arrière. Anna la suivit. Elle n'avait pas la force de résister. Heureusement, les voix l'accompagnèrent.

— Est-ce que tu les entends? demanda-t-elle à Sarah. Les voix... Je crois qu'elles m'appellent.

Sarah avait blêmi. Elle ferma brusquement la fenêtre, puis lui ordonna de s'allonger.

— Je vais chercher un médecin, déclara-t-elle, et te préparer à manger. Cela fait plus de trois jours que tu refuses d'avaler quoi que ce soit...

Anna fronça les sourcils. Trois jours? Elle n'avait pas faim, pourtant. Elle ne ressentait rien d'autre que l'envie de répondre à l'appel des vents. Machinalement, elle s'était mise à triturer son oreiller. C'est alors que la porte de la chambre s'ouvrit, laissant apparaître un visage inquiet.

Daniel.

— Dehors! aboya Sarah.

Il obéit.

Anna s'immobilisa.

Tout lui revenait à présent. Heathcliff et Alice, Daniel qui surgissait, l'affrontement des deux hommes, les insultes... Leur trahison, à tous les deux.

Son souffle s'accéléra, ses doigts se crispèrent sur l'oreiller et elle le déchira sans même s'en rendre compte. Quelques plumes s'échappèrent.

Anna suivit leur lente chute du regard... Tout à coup, elle était ailleurs, piégée par le tourbillon des tiges duveteuses.

— Regarde, Sarah, murmura-t-elle. Ce sont des plumes de fend-la-bise...

Elle secoua l'oreiller de plus belle, faisant voler les plumes autour de son lit. Sarah la regardait avec un air étrange.

— Ouvre vite la fenêtre! Je veux les rendre au vent!

Mais son amie ne bougea pas. Les voix étaient de plus en plus audibles. Elle pencha la tête sur le côté pour essayer de capter leur message.

— Le Vent Gris est revenu, Anna, dit tristement Sarah. Tu es très malade.

— Le Vent Gris? répéta-t-elle.

Et ces trois mots la ramenèrent à la réalité.

Pourquoi ne s'en était-elle pas rendu compte plus tôt? Les voix ne l'appelaient pas, non, elles répondaient à son *appel!*

— Il est là pour moi, comprit-elle.

— Tu l'as déjà vaincu! Il ne t'emportera pas cette fois non plus, tu m'entends?

— Non, Sarah, répondit-elle. C'est moi qui l'ai appelé. Il ne me veut aucun mal, il m'emporte hors du monde quand je souffre trop.

Anna s'étendit sur le lit, ferma les yeux et repartit avec le vent.

Sarah

Après sa dispute avec Heathcliff, Anna fit une grave rechute. Daniel et moi aurions voulu nous consacrer entièrement à sa guérison, mais ce fut impossible car Alice avait profité de l'agitation qui régnait à Ponden Tower pour disparaître. Au petit matin, elle s'était évanouie dans la nature, emportant avec elle assez de vêtements pour nous faire comprendre que sa fuite était sérieuse.

Elle avait emprunté la passerelle de Withens Top, probablement encouragée par Heathcliff, et tous deux avaient ensuite quitté la ville à bord de la berline flambant neuve du jeune homme – plusieurs personnes pouvaient en témoigner.

Daniel ne broncha pas quand il apprit la nouvelle. Mais son poing se crispa si violemment que le verre qu'il tenait explosa avec un crépitement sec, lui entaillant la main.

— Voulez-vous que nous lancions un avis de recherche ? demanda le policier que j'avais appelé.

— Non, répondit-il en regardant le sang tracer des entrelacs sombres sur sa peau. Personne n'a forcé ma sœur à partir. Elle est libre de faire ce qu'elle veut.

— Mais cet Heathcliff...

— Non, répéta Daniel.

Quelques heures plus tard, on retrouvait le chiot d'Alice écrasé dans la rue, au pied de Ponden Hall. C'était un adorable bouledogue français au pelage crème, qu'elle avait reçu de son frère pour son dix-huitième anniversaire et qui la suivait partout depuis. Sans doute avait-elle voulu l'emmener, la nuit où elle fugua.

J'imagine que Heathcliff ne fut pas du même avis. Qui d'autre que lui aurait pu pousser le chien dans le vide ?

Anna ne sut rien de tout cela. Elle semblait reprendre des forces, et nous ne voulions pas risquer une rechute. Car le miracle était sur le point de se reproduire, plus vite encore que la première fois ! La ville bruissait de rumeurs folles à son sujet. Anna, celle qui résistait au Vent Gris, était en train d'intégrer les légendes de Crosswind.

De mon côté, j'avais décidé de surveiller Withens Top. Je connaissais Heathcliff depuis toujours. S'enfuir avec Alice ne pouvait être une punition suffisante, pas lorsqu'il s'agissait de se venger de l'homme qui lui avait pris Anna. Il reviendrait, j'en étais certaine... Il reviendrait et il exhiberait sa victoire sous les yeux de Daniel.

Un mois plus tard, mon intuition se vérifia. La berline de Heathcliff avait été repérée en ville. Je pris tout de suite la direction de Withens Top et, lorsque je frappai à la porte, ce fut une Alice méconnaissable qui ouvrit. La jeune fille coquette et sûre de sa beauté avait disparu. Elle était vêtue d'un jean troué et d'un vieux tee-shirt, ses cheveux étaient sales, ternes, et son regard... Je dus soulever son menton pour enfin le croiser. Peur, tristesse et résignation, voilà tout ce qu'il contenait.

Comme je l'examinais avec attention, elle essaya de cacher ses bras. Trop lentement cependant pour que je puisse ignorer les bleus qui coloraient sa peau claire.

— Il te frappe ? m'exclamai-je, horrifiée.

Alice tourna la tête, s'écartant de la porte. Je l'attrapai par le poignet pour l'empêcher de se dérober.

— Il est devenu fou quand il a appris la maladie d'Anna, murmura-t-elle. Il dit que tout est la faute de Daniel et que tant que mon frère restera hors d'atteinte, c'est moi qui devrai payer pour les souffrances d'Anna.

— Viens, lui dis-je. Je vais te ramener chez toi.

— C'est impossible, Sarah. Je ne peux pas partir.

— Mais si ! Ton frère te pardonnera sitôt qu'il te verra, je te le promets !

Moi qui pensais qu'elle avait simplement peur d'être rejetée par Daniel... Alice eut un rictus désespéré puis, après avoir jeté un coup d'œil en arrière pour s'assurer que personne n'approchait, elle souffla :

— Tu ne comprends pas ! Je l'ai épousé... Il m'a fait signer des papiers et tout ce que j'ai lui revient, *tout !*

Évidemment, je ne m'attendais pas à cela. Personne ne s'y attendait. La mine défaite d'Alice m'interdisait pourtant d'exprimer toute l'horreur que je ressentais.

Elle continua :

— J'ai été tellement stupide ! Heathcliff est pire encore que tout ce que vous m'aviez dit, Anna et toi. Et les gens qui vivent ici... Oh, Sarah, ils sont fous à lier ! Le soir, avant de me coucher, je dois vérifier que les trois verrous de la porte de notre chambre sont bien tirés, ajouta-t-elle avec un petit rire. Sinon Ellis entrerait et égorgerait Heathcliff dans son sommeil, il me l'a avoué lui-même ! Chaque nuit, je l'entends approcher de la porte et essayer d'ouvrir. Parfois, il hurle et frappe contre les murs pendant des heures... Je ne peux plus dormir, j'en deviens folle moi aussi ! Et il y a son fils, Branwell, qui élève des fend-la-bise dans sa chambre et s'amuse à les lancer sur moi...

— Pauvre petite Alice ! lança tout à coup une voix moqueuse. Quelle vie *horrible* !

Heathcliff avait trouvé le moyen de se glisser sans bruit dans son dos. Elle se recroquevilla aussitôt, pareille à un animal craintif.

— Laisse-la partir, dis-je en m'interposant entre Heathcliff et Alice. Tu sais très bien qu'elle n'est pour rien dans cette histoire.

— Mais elle est libre d'aller et venir ! répliqua-t-il. Pour qui me prends-tu, Sarah ? Pour un kidnappeur de jeunes idiotes ?

— Ne l'écoute pas, siffla Alice. Il ne fait que mentir ! Il me fait surveiller par le nain...

Heathcliff l'enveloppa d'un regard amusé.

— Moi, un menteur ? Voyons, ma chère… Est-ce que je n'ai pas toujours été parfaitement honnête avec toi ? Tu l'aurais vue, Sarah, quand je lui ai avoué tout le mal que je pensais d'elle… Il lui a fallu plusieurs jours pour y croire ! Ce n'est pas vrai, Alice ? Avoue-le, tu étais persuadée que je plaisantais ! La nuit où nous nous sommes retrouvés pour quitter la ville, ajouta-t-il à mon intention, j'ai attrapé son chiot et je l'ai jeté dans le vide en lui expliquant que je ferais la même chose à sa famille tout entière si j'en avais la possibilité. Une fille intelligente aurait décampé, n'est-ce pas ? Pas cette cruche, trop occupée à parader auprès de ses amies, bouffie de fierté à l'idée d'avoir mis le grappin sur un homme plus vieux que ses camarades de lycée… Tu as abandonné ta jolie petite vie pour une illusion, Alice. Un vrai gâchis !

— Bon sang, Heathcliff, ce n'est qu'une gamine. Comment peux-tu lui faire subir ça, après ce que t'a fait Ellis quand tu avais son âge ?

— Pitié, Sarah, ne me compare pas à ce type ! Tu sais très bien que le remords ne fait pas partie de ma palette de sentiments, soupira-t-il.

Puis il attrapa Alice par l'épaule et la poussa vers les escaliers.

— Mon frère ne doit rien savoir, Sarah ! s'exclama-t-elle avant de disparaître. Rien ! Ce monstre pense le miner en me traitant comme un animal en cage, mais je ne lui ferai jamais ce plaisir !

J'en avais vu assez.

Heathcliff refusa pourtant de me laisser partir, arguant que nous avions à discuter de choses sérieuses.

— Je dois voir Anna, déclara-t-il sans ambages. Et tu es la seule à pouvoir organiser une rencontre.

Je refusai d'abord sèchement. Mais Heathcliff était déterminé. Si je ne l'aidais pas, compris-je vite, il trouverait un moyen de s'introduire à Ponden Hall, et je n'étais pas certaine qu'Anna survive à un nouveau coup d'éclat. Je lui promis donc que je ferais de mon mieux.

Le lendemain, Daniel s'absenta pour assister à une session du conseil d'administration de Withens & Ponden Industries. J'appelai Heathcliff qui se précipita au chevet d'Anna. J'imagine que vous voulez savoir ce qui se passa alors entre eux deux, monsieur Wood ? Malheureusement, il vous faudra pour cela faire confiance à votre imagination, car je ne l'ai pas suivi dans la chambre d'Anna.

Ce moment-là devait rester le leur.

Le vent te prendra
de Locke B. Wood, extrait

La porte de la chambre d'Anna n'était pas fermée. Elle battait doucement, comme chahutée par un courant d'air, et Heathcliff n'eut qu'à appuyer la paume de sa main contre le panneau pour la faire céder.

Là, devant la baie vitrée qu'elle avait largement ouverte, la silhouette d'Anna se découpait sur le ciel bleu. La respiration de Heathcliff se brisa quand il découvrit sur elle les traces de la maladie. Sa robe de crêpe, blanche et légère, flottait autour d'un corps inconsistant d'air et de vent, et sa peau était si pâle qu'on l'aurait crue tissée de brume.

— Mon Dieu, Anna ! s'exclama-t-il quand elle se retourna. Qu'est-ce que je t'ai fait ?

Mais la jeune femme n'eut pas le temps de répondre.

Une rafale s'engouffra brusquement dans la chambre.

L'espace de quelques secondes, le vent sembla danser autour de leurs deux corps. Ils sentirent quelque chose s'infiltrer en eux, filant loin sous leur peau… L'instant d'après, le calme était revenu.

Il y eut un silence.

Puis Heathcliff et Anna levèrent les yeux, incrédules.

Le lien intangible qui les unissait était devenu physique. Il ressentait la moindre de ses pensées comme si elle était sienne ; il recevait de plein fouet la souffrance qui l'habitait, croisée de remords et de regrets… Était-il en train de devenir fou ? Délirait-il ? Heathcliff palpa le vide qui lui faisait face, espérant percevoir le lien qui venait de se matérialiser. En face de lui, Anna l'avait imité, les yeux agrandis par la surprise.

Ils s'immobilisèrent enfin, conscients que le phénomène était réel.

C'était comme s'ils étaient devenus des tours, lui d'acier, elle de verre, reliées par une passerelle que la neige avait jusqu'alors effacée. Mais le soleil brillait à présent et sa chaleur faisait fondre les faux-semblants, les non-dits, les mal-dits, les mensonges.

— Tu le sens ? murmura-t-il.

— Je te sens toi, répondit Anna en effleurant sa poitrine, puis son front. *Là.*

Il leur fallait se toucher pour parfaire le contact. Heathcliff réduisit l'espace qui les séparait en quelques enjambées et, tout à coup, elle fut simultanément dans ses bras et dans son âme.

Il la toucha, il la respira…

Jusqu'à ce qu'elle s'arrache à son étreinte en s'écriant :

— Attends!

Une réalité nouvelle s'était soudain révélée à elle. Elle cligna plusieurs fois des yeux, affolée, espérant chasser la vision...

Heathcliff vit des larmes glisser sur les joues de la jeune femme. Il crut sentir le sillon chaud qu'elles tracèrent jusqu'au plus profond de lui-même.

— Je le vois! dit-elle. Tout ce que nous nous sommes infligés, ce que nous avons fait l'un de l'autre... Je le vois pour la première fois!

Et son cœur se fendait de désespoir, faisant trembler celui de Heathcliff.

— Non, tais-toi, répliqua-t-il, comme une panique inexpliquée l'envahissait. Je suis venu te chercher, Anna, tu m'entends? Je vais t'emmener loin d'ici, loin de cette ville et de tous ces gens...

Mais Anna secoua la tête.

— Il est trop tard, dit-elle. Regarde-nous, Heathcliff, regarde-toi! Tu ne vis plus que pour voir souffrir ceux que tu accuses d'avoir volé ta vie, et tu refuses d'admettre que nous sommes les seuls coupables de ce qui nous arrive... Ce n'est pas Ellis qui m'a poussée vers Daniel, ce n'est pas Daniel qui m'a arrachée à toi. J'ai choisi seule, par manque de courage, par confort, parce que j'étais attirée par la lumière... C'est moi qui t'ai transformé en ce gouffre de haine et de rancœur, tout comme tu m'as transformée en un puits de tristesse et de regrets. Nous avons tout gâché...

— Qu'est-ce que tu racontes? s'écria-t-il, plus violemment qu'il l'aurait voulu.

Elle le laissa s'approcher à nouveau, puis pressa son visage dans le creux de son cou. Heathcliff perçut la caresse de ses lèvres contre sa peau.

Elles étaient glacées.

— Pourquoi ne l'ai-je pas compris plus tôt? soupira Anna. Il m'aurait suffi d'ouvrir les yeux, juste une fois, de faire attention à Daniel... Il tient plus à moi qu'à sa propre vie, tu sais? Alors que nous deux...

Il attendit.

— Je t'aime, ajouta Anna d'une voix rauque. Parce que tu es moi.

— Je t'aime, répéta-t-il en goûtant la saveur étrange de ces trois mots sur sa langue.

Puis le voile se déchira dans son esprit et il comprit à son tour ce qu'Anna essayait de lui exprimer.

Son aveu était incomplet. Inexact.

— Je t'aime, reprit-il, parce que tu es moi.

— Et cela fait de nous deux monstres d'égoïsme, dit Anna avec un sourire triste. Pas étonnant que nous ne puissions que briser les jolies choses...

Elle marcha jusqu'à la terrasse et Heathcliff la suivit.

Au-dehors, le soleil enveloppait Crosswind d'une pellicule de chaleur inhabituelle. C'était une sensation étrange pour lui, qui avait toujours vu la ville sous son manteau de brume et de neige... Ils restèrent de longues minutes, à observer la ville en silence.

Heathcliff sentit soudain une crampe lui électrifier le ventre, et il se plia en deux pour la contenir... avant de découvrir le visage d'Anna, crispé par la souffrance. C'était la sienne ! comprit-il avec horreur. Tout comme il avait ressenti chacun de ses sentiments, il ressentait à présent sa douleur !

Il cria :

— Anna ? Qu'est-ce qu'il se passe ?

Elle ne répondit pas, livide.

Puis un point rouge se dessina sur la robe blanche d'Anna, une rosace fugace qui s'étendit aussi vite que son cœur à lui ralentissait.

À cet instant, la porte de la chambre s'ouvrit sur Daniel qui poussa un cri de rage en découvrant la présence de Heathcliff.

Heathcliff attrapa Anna qui vacillait, la souleva dans ses bras et la ramena à l'intérieur de la chambre en hurlant :

— Appelle un médecin !

La vue du sang qui coulait sur les jambes nues de sa compagne calma instantanément la colère de Daniel. Il fit demi-tour en courant.

— Qu'est-ce qu'il m'arrive ? souffla Anna.

Heathcliff l'allongea sur le lit en silence.

Elle répéta sa question. Cette fois, il y avait de l'affolement dans sa voix. Il essaya de l'empêcher de se redresser... En vain. Anna blêmit en découvrant la tache écarlate qui s'étendait sur les draps.

Puis elle leva les yeux vers son compagnon.

— Promets-moi que tu ne feras plus jamais de mal à Alice, le supplia-t-elle. Heathcliff, promets-moi que tu la laisseras partir...

Il n'eut pas le temps de répondre.

Une vague de spasmes la secouait à présent.

Sarah

Ce jour-là, Anna échappa de peu à la mort. Elle avait perdu tant de sang... Elle fut hospitalisée d'urgence, placée sous assistance respiratoire, bardée de perfusions et de capteurs. Nous avions eu de la chance, dirent les médecins, car l'enfant n'avait rien.

Je n'oublierai jamais l'étonnement provoqué par ces quelques mots.

L'enfant.

Anna était enceinte et nous ne l'avions pas remarqué.

Il n'y avait eu aucun signe. On nous parla de déni de grossesse, de corps s'adaptant sous la pression de l'inconscient pour ne rien laisser paraître. Peut-être que le retour de Heathcliff l'avait perturbée; peut-être qu'avec lui elle avait cru voir se dessiner une nouvelle vie et que son esprit avait refusé l'idée d'un enfant, susceptible de l'ancrer pour de bon dans le monde de Daniel.

Anna ne réagit pas lorsqu'on lui montra le bébé sur l'écran du moniteur, lors de l'échographie.

Six jours plus tard, les médecins décidèrent de provoquer l'accouchement. L'enfant fut aussitôt placé en couveuse. C'était une petite fille.

Le lendemain, Anna se leva au milieu de la nuit, arracha les cathéters fixés à son bras et ouvrit grand la fenêtre de sa chambre. Daniel, qui l'avait veillée sans relâche, somnolait sur un fauteuil près de son lit. Il fut réveillé par un courant d'air et découvrit alors la silhouette d'Anna, fantomatique dans sa blouse d'hôpital, qui se découpait devant un sombre carré de nuit. Il voulut se lever, la ramener jusqu'à son lit…

Quand une brume argentée se matérialisa soudain, l'enveloppant tout entière.

Plus tard, il me raconta avoir entendu Anna parler.

— Enfin, le vent m'emporte! avait-elle soupiré, d'une voix où la tristesse se mêlait au soulagement.

L'instant d'après, elle s'effondrait et un coup de vent fit claquer la fenêtre si violemment que la vitre se brisa.

Le vent te prendra de Locke B. Wood, extrait

Il le sentit avant même que la fenêtre de la chambre d'Anna ne s'allume, là-haut, au quatrième étage de l'hôpital. Tout à coup, quelque chose en lui s'était rompu, comme un câble qui l'aurait tenu droit depuis si longtemps qu'il ne se souvenait plus de son existence. Heathcliff vacilla, le souffle coupé. Ce n'était pas une douleur, c'était un vide soudain, total.

La présence qui l'habitait depuis toujours venait de disparaître.

Anna était partie, il le sentait, il le savait! Et elle emportait tout avec elle, le souvenir des jours joyeux, la lumière, le goût de l'air dans sa bouche. Heathcliff hurla, et son cri se mêla à celui du vent qui s'était levé et montait en sifflant dans la nuit fraîche de l'été. Ils tempêtèrent de concert jusqu'à ce que sa voix à lui se brise.

Puis, à bout de forces, Heathcliff laissa choir ce corps qui n'était plus qu'une coquille vide maintenant qu'Anna l'avait déserté.

Il lui sembla voir des flocons de neige tomber doucement sur ses joues. Est-ce qu'il délirait ? Où était-ce sa peau glacée qui faisait geler ses larmes ? Ensuite, il y eut un abîme noir.

Lorsque Heathcliff ouvrit les yeux, il était allongé sur le trottoir, au pied de l'hôpital, et le matin était là.

Un homme se tenait debout devant lui. Il reconnut aussitôt le visage grave de Daniel.

— C'est fini, déclara ce dernier. Elle... elle est morte.

Il le savait, eut-il envie de crier. Il le savait depuis l'instant où elle était partie, emportée par le Vent Gris...

Mais il se contenta de grogner. Daniel fit demi-tour, rejoignant le petit groupe qui l'attendait un peu plus loin. Heathcliff ferma à nouveau les yeux.

Il gisait sur un linceul de neige et, quelques heures plus tard, les habitants de Crosswind évoquèrent un phénomène météorologique exceptionnel... Personne d'autre que lui ne comprendrait jamais que la nuit avait déposé là la neige en hommage à celle qu'il venait de perdre.

Locke

Je crois que je deviens fou.

À mesure que j'écris, mon esprit s'affaiblit comme si cette ville, comme si cette histoire, aspiraient lentement mes forces… Je me surprends parfois à fixer le voyant internet de mon ordinateur et à supplier qu'il s'allume pour me reconnecter au monde. Mais cela n'arrivera pas avant que ma tâche soit terminée.

Car, aussi inexplicable que cela puisse paraître, j'ai compris que je n'étais pas venu à Crosswind par hasard. Quelque chose m'a attiré ici, quelque chose qui me pousse aujourd'hui à écrire à toute allure, sans respirer, comme si ma vie en dépendait. Je voudrais en parler à Sarah. Je voudrais pouvoir, juste une fois, lui raconter les cauchemars qui agitent mes nuits, le fantôme d'Anna qui m'observe silencieusement, assis sur le bord de mon lit ; ses grands yeux sombres fixés sur moi, et cet ordre qu'ils semblent graver dans mon esprit : *Écris pour moi.*

S'agit-il vraiment de cauchemars, d'ailleurs ? Je doute, je doute de plus en plus. Il y a ces mouvements que j'ai parfois l'impression de saisir en périphérie de ma vision, ces fenêtres qui s'ouvrent seules pour laisser entrer les vents...

Je dois me hâter de finir.

Je dois quitter cette ville.

Sarah

Malgré son caractère emporté, malgré son égoïsme, Anna avait été une présence si forte qu'elle avait structuré notre vie à Crosswind. Alors, chacun à notre manière, il fallut bien que nous trouvions un moyen de surmonter sa mort.

Daniel choisit de se consacrer à l'enfant qui venait de naître – il l'avait appelée Eleanor, et je crois que jamais Crosswind ne connut de père aussi attentif et aimant.

De son côté, Alice sembla oublier tout ce que Heathcliff lui avait fait subir pour se dévouer à lui corps et âme. Croyait-elle qu'il pourrait enfin l'aimer, maintenant qu'Anna n'était plus là ? Qu'elle saurait le réconforter ? C'était peine perdue. Il avait été un bloc de glace imprenable, aux arêtes coupantes et aux replis dangereux ; il était maintenant un gouffre de noirceur et de souffrance.

Quant à moi, je quittai Crosswind.

L'atmosphère y était devenue si pesante que j'éprouvais le besoin de respirer, de m'échapper. Je voyageai un temps, puis je m'installai dans une ville côtière, au sud du pays. Ce fut une parenthèse agréable. Pour la première fois depuis très longtemps, j'avais l'impression d'être au centre de ma propre vie et de n'avoir à me préoccuper de personne d'autre que moi.

J'avais tout de même gardé contact avec Daniel, qui m'envoyait des photos de sa petite Eleanor chaque semaine. Il semblait doucement reprendre goût à la vie... Mais il refusait désormais de prononcer le prénom d'Alice. Il évitait d'évoquer la situation de sa sœur, répondait à mes questions de manière évasive.

Quelques mois plus tard, on frappa à la porte de la maisonnette que j'occupais non loin de la plage. La soirée était avancée, je n'attendais personne. Lorsque j'ouvris, je ne vis d'abord que cet énorme ventre.

Puis je reconnus Alice. Elle ne ressemblait plus à la jeune fille qu'elle avait été : une décennie semblait l'avoir écrasée.

— J'ai besoin d'aide, dit-elle seulement.

Elle resta chez moi jusqu'à son accouchement, trois semaines plus tard.

Heathcliff était-il le père de l'enfant ? Alice l'avait-elle désiré ? Autant de questions auxquelles je n'obtins jamais de réponses. Tout ce que je savais, c'était qu'il y avait eu une dispute à Withens Top, une dispute si violente qu'Alice s'était enfin résolue à fuir. Elle avait volé la voiture de Heathcliff et roulé jusqu'à la gare la plus proche avant de prendre un train pour le Sud.

Je l'installai dans ma chambre. Puis, une fois certaine qu'elle dormait, je sortis sur la terrasse pour appeler Daniel.

Il décrocha à la première sonnerie.

— Dis-moi qu'Alice est avec toi! s'exclama-t-il.

— Elle vient juste de s'endormir, répondis-je. Est-ce que tu peux m'expliquer ce qui se passe? Elle a débarqué tout à l'heure dans un état effrayant.

Daniel me raconta alors ce qu'il savait. Mes jambes se mirent à trembler à mesure qu'il parlait.

Deux jours plus tôt, la cuisinière de Withens Top s'était réfugiée chez lui, affolée. Il y avait eu une dispute entre Heathcliff et Alice, si violente qu'ils en étaient venus aux mains... Elle tentait de les séparer quand Ellis avait fait irruption dans la pièce, ivre mort, pour se jeter sur Heathcliff avec un couteau.

La folie de celui qui avait jadis été mon ami avait franchi un nouveau palier. Il rôdait chaque nuit dans l'appartement en hurlant qu'il saignerait bientôt Heathcliff comme un cochon, il décrochait du mur les armes de la collection de son père, volait les couteaux qu'il trouvait en cuisine... Ce soir-là, il avait dû voir une occasion de mettre ses menaces à exécution.

Et son intervention avait permis à Alice de fuir.

— Heathcliff a passé Ellis à tabac, continua Daniel, avec une telle rage que la cuisinière a pris peur et a couru chez moi. Je lui ai dit de ne plus s'inquiéter, qu'ils allaient se calmer... Et je n'ai rien fait. Je n'ai même pas appelé la police! Je suis désolé, Sarah, mais...

Je sentis mes muscles se raidir.

Je savais ce qui allait suivre.

À l'autre bout du téléphone, Daniel inspira longuement avant de reprendre :

— On a retrouvé le corps d'Ellis écrasé au pied de Withens Top le lendemain matin. Le légiste a aussitôt conclu à un accident. Il y avait une telle quantité d'alcool et de drogue dans son sang qu'il n'a même pas dû se sentir tomber de la terrasse...

— Alors il l'a tué ? murmurai-je. Heathcliff l'a tué ?

Daniel ne répondit pas. C'était inutile.

Après la mort d'Ellis, l'étendue des dettes qu'il avait contractées fut révélée au grand jour. Il s'était ruiné entre jeux et drogues, et devinez qui avait été là pour lui faire crédit ? Heathcliff, bien sûr... Heathcliff, qui était désormais propriétaire de Withens Top.

— Il ne faut pas qu'il retrouve Alice, reprit Daniel. Jamais.

— Je m'en occupe, promis-je.

Après l'accouchement, je louai une maison pour Alice et son bébé. C'était un petit garçon adorable, calme et doux, qu'elle avait appelé Harry. Plus il grandissait, et moins il ressemblait à Heathcliff. Sa santé était fragile, il était souvent malade, se fatiguait rapidement et sa timidité l'empêchait de se faire des amis parmi les enfants du quartier.

Il n'y avait qu'une personne dont Harry était proche : sa cousine Eleanor.

Daniel avait en effet pris l'habitude de passer ses week-ends avec nous. Ni lui ni Alice ne parlèrent jamais de ce qui s'était passé à Withens Top, le soir où la jeune femme avait fui, mais le lien qui les unissait se recréa progressivement et les enfants grandirent ensemble. Ils étaient si complices qu'il leur arrivait d'éclater de rire après avoir échangé un simple regard.

Les voir ensemble, si heureux et rayonnants, aurait suffi à réchauffer le cœur le plus froid. Cependant, je ne pouvais m'empêcher de penser à Branwell lorsque je les regardais jouer sur la plage.

Daniel me donnait parfois de ses nouvelles. Il continuait à grandir comme un sauvage, livré à lui-même, sans autre compagnie que celle du vieux Gibus. On racontait qu'il ne savait ni lire ni écrire et que sa seule occupation consistait à élever des fend-la-bise. Heathcliff devait être fier : son plan avait réussi... Après avoir récupéré tout ce qu'Ellis possédait, il avait infligé à son fils unique le traitement qu'il avait enduré des années plus tôt.

Et pendant ce temps, comme un symbole de cette époque sinistre, la tour de Withens Top voyait ses derniers habitants quitter les lieux, à la fois encouragés par un Heathcliff qui cultivait plus que jamais sa solitude et par le Vent Gris qui faisait toujours rage à Crosswind.

Alice ne redevint jamais la jeune fille insouciante et gaie qu'elle avait été. Il y avait une faille en elle, que la présence de son fils suffisait à peine à combler et qu'elle tentait de dissimuler en accumulant les aventures. Je suppose qu'après les humiliations que Heathcliff lui avait fait subir, elle avait besoin de plaire... Mais les désillusions succédaient trop souvent aux périodes d'euphorie.

Puis l'une de ses conquêtes lui proposa de partir vivre au bout du monde. Elle emmena Harry, qui venait de fêter ses douze ans, et ils s'installèrent dans une villa somptueuse. Pendant un temps, ils semblèrent heureux... Jusqu'au jour où le fiancé prit la poudre d'escampette.

Alice fit bonne figure.

Quelques mois plus tard, le téléphone de Daniel sonna en pleine nuit.

Sa sœur venait de perdre la vie dans un accident de voiture. La dose massive d'antidépresseurs qu'elle avait avalée n'y était sans doute pas étrangère. Harry, lui, était indemne.

Daniel prit le premier avion pour récupérer son neveu, après m'avoir fait promettre que je m'occuperais d'Eleanor pendant son absence.

C'est ainsi que je revins finalement à Crosswind.

Le vent te prendra
de Locke B. Wood, extrait

Gibus poussa la porte d'entrée en grommelant, les épaules voûtées sous le poids des sacs de provisions qu'il rapportait. Depuis que la cuisinière avait fiché le camp quelques semaines plus tôt, c'était à lui de s'acquitter de cette corvée.

Le grand salon était plongé dans la pénombre. Au fond de l'âtre, seules quelques braises rougeoyaient encore. Il avait pourtant bien dit à Branwell de ne pas laisser crever le feu! Combien de fois fallait-il le lui répéter, à cette tête de lard, pour qu'il comprenne? Gibus tâtonna un instant pour trouver l'interrupteur, puis la pièce s'éclaira.

Son cœur manqua un battement.

Heathcliff le fixait, enfoncé dans l'un des fauteuils tendus de velours. Un mince sourire étira ses lèvres quand il le vit sursauter.

— Branwell m'a appris une curieuse nouvelle aujourd'hui, déclara-t-il en croisant les mains sous son menton. Il y aurait un habitant de plus à Ponden Tower, un jeune garçon aux cheveux blonds. En avez-vous entendu parler, Gibus ?

Le nain hocha la tête.

— S'agit-il de mon fils ?

Il acquiesça une deuxième fois.

Heathcliff tourna la tête vers la baie vitrée et son regard suivit un moment la passerelle qui menait jusqu'à la tour voisine, avant de se perdre dans la brume de la nuit.

— Voilà qui tombe à pic ! ajouta-t-il d'une voix enjouée. Gibus, ayez l'amabilité de prévenir Ponden que je récupérerai le gamin demain matin. Il est temps que son cher papa prenne son éducation en main.

Sarah

Daniel, Eleanor et moi étions au pied de Withens Top et je tenais la main de Harry. Il n'avait pas prononcé un mot depuis que le vieux Gibus s'était présenté, plus tôt dans la matinée, pour nous annoncer que Heathcliff souhaitait le récupérer. Et là encore, devant la sombre silhouette de la tour, ses vitres brisées et ses couloirs livrés aux fantômes, il restait impassible.

Personne n'aurait pu imaginer combien il était terrifié.

Personne sauf moi, car je tenais sa main tremblante dans la mienne et chacune de ses palpitations m'infusait remords et honte. Nous ne nous étions pas opposés à Heathcliff, nous n'avions pas tenté de garder le garçon... Et le regard qu'Eleanor portait sur nous nous le rappelait à chaque seconde.

— Je viendrai te voir tous les jours! cria-t-elle à Harry.

Sa promesse sembla lui redonner du courage. Il redressa les épaules, puis nous entrâmes tous les deux dans le grand hall décrépit. Les miroirs qui tapissaient jadis les murs étaient brisés et des détritus jonchaient le sol.

Seul l'ascenseur était encore en bon état.

— J'ai peur, Sarah, souffla-t-il quand nous montâmes à l'intérieur.

Je ne trouvai rien d'autre à faire que de le serrer dans mes bras, réveillant du même coup la toux qu'il avait rapportée du bout du monde.

Heathcliff n'avait pas réclamé son fils par sens du devoir ou par amour paternel. Il poursuivait sa vengeance, j'en étais certaine. Mon intuition fut confirmée sitôt que je le vis poser les yeux sur Harry.

— Oh non, s'exclama-t-il avec un air de dégoût mêlé de mépris. Ne me dis pas que cet avorton est réellement mon fils… Je m'attendais au pire, et je suis quand même déçu !

— Arrête, Heathcliff, murmurai-je. S'il te plaît.

— Te revoir à Crosswind est un plaisir, Sarah, répliqua-t-il en souriant. Combien de temps cela fait-il ?

Treize ans. Nous ne nous étions pas revus depuis treize ans.

— Il fait encore plus peine à voir que sa mère en son temps, reprit Heathcliff en approchant pour mieux l'examiner. Une carrure de poulet, pas un seul muscle à l'horizon. Et en prime, le teint blafard et le regard idiot des Ponden ! Il n'a donc rien de moi ? La nature peut se montrer si cruelle parfois... Dis-moi un peu ce que ta mère t'a raconté à mon sujet, ajouta-t-il à l'intention de Harry.

Le garçon secoua la tête.

— Rien ?! s'exclama Heathcliff avec un claquement de langue agacé. Quel sens de l'éducation.

Puis il appela Gibus et lui ordonna de monter sa valise à l'étage. Harry pâlit davantage en découvrant la face renfrognée du nain, qui articulait comme à son habitude des chapelets d'imprécations silencieuses.

— Que comptes-tu faire de lui ? demandai-je à Heathcliff. Bran ne te suffit plus ? Il te faut un autre enfant à malmener ?

— Tu me prends pour un monstre ? répliqua-t-il, feignant l'outrage. Ce gringalet reste mon fils et je compte bien m'en occuper comme tel ! Tout est prêt pour l'accueillir. Une chambre a été libérée en haut, Gibus et Branwell ont reçu l'ordre de lui obéir et j'ai même engagé un professeur particulier pour qu'il étudie convenablement. De quoi d'autre aurait-il besoin ?

— Une famille aimante, j'imagine.

Un sourire étira les lèvres de Heathcliff, puis il me congédia, refermant la porte de Withens Top sur le visage désespéré du garçon que j'abandonnais là.

Lorsque nous rentrâmes à Ponden Tower, Eleanor fila s'enfermer dans sa chambre pour n'en ressortir que deux jours plus tard.

Daniel et moi étions alors dans le salon, essayant de deviner ce que Heathcliff préparait tout en observant les nuages qui roulaient dans le ciel de Crosswind. Elle vint jusqu'à nous, encore raidie par la colère, et se planta devant son père.

— Je ne sais pas si je pourrai te pardonner ce que tu as fait à Harry, déclara-t-elle. Combien de fois m'as-tu répété que l'homme qui vit en haut de Withens Top était mauvais, dangereux, que je devais rester loin de lui? Et tu lui as livré Harry?

J'ai toujours considéré qu'Eleanor avait hérité du meilleur de chacun de ses parents : de sa mère, sa force de caractère et son tempérament passionné; de son père, sa bonté. Et à mesure qu'elle grandissait, se développait en elle un sens profond de la justice.

— Je ne sais pas si je pourrai me le pardonner non plus, répondit Daniel, ému, en caressant ses boucles blondes. J'aurais voulu le protéger, mais c'était impossible.

Elle le jaugea un instant avant de reprendre :

— Demain matin, monsieur Heathcliff ne sera pas chez lui. Il a rendez-vous chez le notaire, en ville, c'est la nouvelle cuisinière de Withens Top qui me l'a dit. Je compte profiter de son absence pour rendre visite à Harry. Je souhaitais te l'annoncer moi-même pour que tu ne croies pas que je manigance dans ton dos... Alors s'il te plaît, papa, ne m'empêche pas de voir Harry. Je l'aime comme s'il était mon frère et je sais qu'il ne supportera pas longtemps de rester seul dans cette tour sinistre, au milieu de gens qui n'ont rien à faire de lui.

Daniel ne put résister à ses yeux suppliants.

Le lendemain, Eleanor emprunta donc la passerelle qui menait à Withens Top pour la première fois. Elle revint deux heures plus tard, oscillant entre l'inquiétude et la joie d'avoir retrouvé son cousin. Harry n'était pas en grande forme, nous expliqua-t-elle, mais maintenant qu'elle était là pour s'occuper de lui, tout irait bien.

Elle prit l'habitude de le rejoindre chaque soir, à la sortie du collège puis du lycée.

Daniel n'avait posé qu'une condition : Eleanor ne devait jamais s'approcher de Heathcliff. Curieusement, cependant, celui-ci ne s'opposa pas aux visites de la jeune fille. Il semblait même se faire plus discret, comme s'il souhaitait laisser le champ libre à son fils... Mais il s'agissait bien là de la seule marque de générosité dont il fit preuve envers Harry. Le garçon n'était pas heureux à Withens Top. Il devait à la fois faire face au mépris de Heathcliff, à l'hostilité de Gibus et à la jalousie de Branwell qui, découvrant le traitement spécial auquel il avait droit, l'avait très vite contré.

Heureusement pour lui, il y avait Eleanor.

Elle lui apportait des livres, des jeux et des friandises, et elle n'avait pas peur de le défendre quand Branwell s'opposait à lui.

Il faut avouer que face à elle, l'héritier déchu des Withens n'en menait pas large... Dès que le regard d'Eleanor se posait sur lui, il devenait gauche et hésitant. Harry s'en aperçut rapidement et en fit l'un de ses sujets de moquerie privilégiés – avec le fait que la brute épaisse, comme il l'appelait, était encore illettrée.

Mais, même s'il essayait de le dissimuler, la santé du garçon ne s'améliorait pas, et les hivers de Crosswind l'affaiblissaient davantage.

Un soir, je passai à Ponden Tower, apportant avec moi un énorme gâteau. Eleanor fêtait ses seize ans. Comme chaque année, son père n'avait pas eu le courage de célébrer l'événement. C'était son moment de faiblesse, disait-il, son immuable jour de deuil. Il se retirait dans sa chambre pour n'en resurgir que le lendemain matin et je prenais le relais auprès d'Eleanor.

Lorsque je sortis de l'ascenseur, je trouvai la jeune fille assise sur le pas de la porte. Elle bondit sur ses pieds en me voyant tandis qu'un intense soulagement défroissait ses traits.

— Tu as eu mon message ? s'exclama-t-elle. Je savais que tu ferais vite !

Je fronçai les sourcils. Mon téléphone était resté sur mon bureau.

— C'est papa, ajouta Eleanor, notant mon incompréhension.

Je la suivis jusqu'à la chambre de Daniel.

Il avait ouvert la baie vitrée et se tenait sur la terrasse, accroché au garde-corps comme si le monde s'était mis à tanguer. Sous la lumière pâle de la lune, son visage semblait changé en marbre.

— Anna ! appelait-il.

Et il tendit les bras vers le ciel.

— Il est comme ça depuis que je suis rentrée, m'expliqua Eleanor. Il ne me répond pas quand je lui parle. J'ai essayé de le secouer, il n'a pas réagi non plus ! Oh, Sarah, on croirait qu'il est devenu fou !

Il nous fallut unir nos forces pour faire rentrer Daniel puis l'allonger sur son lit. Je restai à son chevet jusqu'au petit matin. Il chuchotait à la nuit, riait parfois, d'une manière aussi douce et légère qu'un enfant... Je crois que je m'endormis avant lui.

Lorsque j'ouvris les yeux, le lendemain, Daniel me fixait. Il était de nouveau lucide.

— Je les ai entendus, dit-il. Les murmures du vent.

Comme je ne répondais pas, il reprit :

— Ma chère, très chère Sarah... Tu as veillé sur tous ceux que j'ai aimés. Promets-moi que tu seras aussi là pour Eleanor.

Daniel fit tout ce qui était en son pouvoir pour dissimuler son affaiblissement, mais la rumeur finit par se répandre en ville et tout Crosswind sut bientôt que le Vent Gris était venu pour lui.

Il lutta près de six mois.

Le vent te prendra
de Locke B. Wood, extrait

Quand Eleanor rentra du lycée, en fin d'après-midi, un fend-la-bise donnait des coups de bec impatients sur la baie vitrée du salon. Elle le fit entrer, attrapa le message enroulé autour de sa patte et le lut avec un étonnement croissant.

Harry l'invitait à faire une balade à vélo dans le parc de la ville. « *Il faut que je te parle au plus vite*, terminait-il. *Viens, s'il te plaît.* »

Eleanor fronça les sourcils. Du vélo ? Son cousin n'avait jamais apprécié l'activité physique. Il s'essoufflait trop vite, ce qui finissait à chaque fois par l'agacer. Son message était d'autant plus étrange qu'il ne lui avait pas donné de nouvelles depuis près de deux semaines. Il était malade, lui avait répondu Branwell lorsqu'elle avait frappé à la fenêtre de Withens Top.

Eleanor hésita. L'état de son père s'était détérioré ces derniers jours, et elle aurait voulu passer son temps libre avec lui... Mais Harry avait peut-être besoin d'elle. Elle posa son sac de cours dans sa chambre, alla embrasser son père puis laissa un mot à l'intention de Sarah sur la table de la cuisine.

Son vélo était attaché dans le hall de la tour.

Dix minutes plus tard, elle pédalait en direction du parc.

Crosswind avait connu une fin d'été inhabituellement chaude et le mois de septembre semblait vouloir retenir le soleil pour quelques jours encore. Des bruits de voix et des éclats de rire s'échappaient des fenêtres ouvertes pour se mêler aux pépiements des oiseaux. Eleanor fit un premier tour du parc, tâchant de repérer Harry. Les frondaisons du parc avaient commencé à roussir et le parterre de feuilles brunes crissait doucement sous les roues de son vélo. Elle examina les visages des cyclistes un à un, puis ceux des promeneurs...

Harry n'était pas là.

Elle envisageait de rentrer chez elle, pensant qu'il ne viendrait pas, quand une voix la héla.

— Eleanor ! Je suis là !

Il s'était installé loin du chemin, à l'ombre d'un bosquet d'épineux qui le dissimulait entièrement, lui et le vélo gisant à ses pieds.

Eleanor le rejoignit. Son teint était blafard, ses yeux marqués de profonds cernes et ses clavicules saillaient d'une manière inquiétante par l'encolure de son tee-shirt.

Elle passa la main sur sa joue et frissonna de la sentir si froide sous ses doigts.

— Tu as l'air tellement faible! murmura-t-elle. Que s'est-il passé?

— Rien d'important, répondit Harry en baissant les yeux. D'après mon père, ce n'était qu'un mauvais rhume...

— Un mauvais rhume? répéta Eleanor, indignée. J'ai tenté de te rendre visite, tu sais. Mais Branwell m'a raconté que tu avais besoin de repos. Je parie que cet idiot ne voulait pas que je m'occupe de toi! Si j'avais su, je lui aurais...

— Arrête! la coupa-t-il précipitamment. Je vais mieux maintenant, je t'assure! Beaucoup mieux.

La quinte de toux qui le secoua alors le contredit. Il vacilla. Lorsque la douleur s'estompa enfin, Eleanor se pencha vers lui.

— Tu n'as pas vu de médecin, pas vrai? Viens, ajouta-t-elle en lui attrapant le bras. Je t'y emmène.

Elle ne s'attendait pas à ce qu'il réagisse aussi violemment. Tout à coup, son visage s'empourpra et il la repoussa d'un geste brusque. Puis il scruta les environs d'un air paniqué, comme s'il craignait que quelqu'un ait assisté à la scène.

— Du vélo, bredouilla-t-il. On avait dit du vélo.

Il s'était déjà relevé et tâchait de monter en selle malgré sa respiration sifflante.

— Non, répondit-elle. Il te faut un médecin.

— S'il te plaît, Eleanor! s'écria Harry, implorant. Juste un tour!

C'était la première fois qu'elle voyait son cousin dans un tel état. Il était sur le point de fondre en larmes.

— D'accord, dit-elle enfin. Juste un tour.

Harry n'eut jamais l'occasion de le terminer.

Il pédala quelques minutes, puis Eleanor le vit chanceler. Il s'effondra au milieu du chemin et roula dans le gravier. Elle freina d'un coup et le rejoignit en courant.

Elle ne remarqua pas la haute silhouette de Heathcliff qui surgissait des fourrés. Elle entendit seulement un raclement de gorge et, quand elle se retourna, son cœur manqua une série de battements.

— Écartez-vous, ordonna-t-il.

Heathcliff tira le corps inerte de son fils dans l'herbe, sur le bord du chemin, vérifia son pouls puis souleva sa tête.

— N'ayez crainte, dit-il à l'intention d'Eleanor, il respire. J'imagine que l'idée du vélo était la vôtre ? Formidablement intelligent.

Elle voulut répondre, mais le regard de Heathcliff la réduisit aussitôt au silence.

— Au cas où vous ne l'auriez pas remarqué, mon fils est fragile, ajouta-t-il, achevant de la mortifier. Au moindre effort physique, ses poumons se noient... Harry ?

Le garçon répondit par un grognement.

Rassuré, Heathcliff le fit glisser dans ses bras et le souleva avec autant d'aisance que s'il s'était agi d'un sac de plumes.

— Vous l'emmenez à l'hôpital, n'est-ce pas ? questionna Eleanor.

— Pour quoi faire? répondit Heathcliff. Il a besoin de repos.

Il s'éloigna rapidement et Eleanor resta plantée au bord du chemin, encore tremblante. Quelques promeneurs s'étaient arrêtés, observant la scène. Leurs regards pesaient sur elle, si lourds, si accusateurs, qu'elle attrapa les deux vélos abandonnés sur le chemin avant de courir derrière Heathcliff.

— Attendez-moi!

Elle le vit hausser les épaules.

Lorsqu'ils parvinrent à Withens Top, Eleanor abandonna les vélos dans le hall d'entrée et les suivit. Harry commençait à recouvrer ses esprits. Il avait ouvert les yeux et la fixait silencieusement, une lueur triste dans le regard.

Son père l'allongea bientôt sur son lit.

— Pourriez-vous veiller sur lui un instant? demanda-t-il à Eleanor. Je vais lui chercher un verre d'eau.

Elle accepta, trop heureuse de se racheter.

Dix minutes plus tard, Heathcliff n'avait pas reparu. Inquiète, Eleanor se leva, passa la tête dans le couloir...

— Je suis désolé, murmura Harry.

— Pardon? dit-elle. Désolé de quoi?

Il ne répondit pas.

Prise d'un horrible pressentiment, Eleanor descendit en trombe les escaliers qui menaient au salon et le trouva plongé dans l'obscurité. Les stores avaient été actionnés, transformant les grandes baies vitrées en cloisons infranchissables. La porte d'entrée était verrouillée.

— Mes excuses pour cette petite mise en scène, déclara Heathcliff en surgissant dans son dos. Mon avorton de fils ne m'a pas laissé le choix. Il est tellement faible qu'il finira par mourir avant votre père ! Et sans lui, plus moyen de récupérer la fortune Ponden.

Eleanor ouvrit la bouche, mais sa gorge était trop sèche pour qu'elle puisse parler. Son cousin l'avait attirée dans un piège...

— Dans son état actuel, reprit Heathcliff, Harry ne survivra pas longtemps sans médicaments. Retirez-vous de Withens & Ponden Industries, et je ferai en sorte qu'il reçoive des soins.

— Je ne... je ne comprends pas...

— Le marché est pourtant simple. Vous voulez sauver la vie de votre cousin ? Alors vous allez publiquement annoncer que vous renoncez à la place qui est la vôtre au sein de l'entreprise familiale. Après la mort de votre père, Harry deviendra ainsi le seul maître à bord. Si vous l'aimez vraiment, le choix ne devrait pas être bien compliqué.

— Je ne peux pas croire que vous feriez cela à votre propre fils !

Un sourire cruel étira les lèvres de Heathcliff. Eleanor frissonna. Il ne bluffait pas.

— Dépêchez-vous de retourner à son chevet, ordonna-t-il. Et rappelez-vous bien ceci : tant que vous n'aurez pas accepté ma proposition, je vous garderai enfermée ici. Ce serait dommage de ne pas profiter des derniers instants de votre cher papa agonisant, non ?

Eleanor était trop choquée pour protester.

Elle atteignait le palier quand elle vit la porte de la chambre de Branwell se refermer précipitamment. Une intense vague de haine réveilla alors son esprit engourdi.

Il était là.

Il était là et il n'avait rien tenté pour l'aider.

Sarah

La disparition d'Eleanor restera parmi les pires souvenirs de mon existence. Ce fut une période d'angoisse
intense et continue pour Daniel et moi, qui nous empêchait
de manger, de dormir, de réfléchir. Nous ratissâmes la
ville entière pour la retrouver... En vain. Un seul endroit
demeurait hors de notre portée : Withens Top.

Le dernier étage de la tour s'était mystérieusement
refermé sur lui-même, comme si ses occupants avaient
pris le large avec Eleanor. Nous avions prévenu la police
dès les premières heures, persuadés que Heathcliff était
derrière tout cela. Il y avait ce mot qu'elle avait laissé à mon
attention avant de s'évaporer, qui mentionnait le nom de son
fils Harry ! L'inspecteur qui nous reçut décida tout de suite
qu'il s'agissait d'une fugue. Fou de colère et d'inquiétude,
Daniel activa tous les contacts qu'il possédait à Crosswind.

Il parvint finalement à faire ouvrir une enquête, mais lorsque les policiers se présentèrent devant la porte de Heathcliff, ce fut Gibus qui se montra. Le propriétaire des lieux était parti en vacances avec son fils, expliqua-t-il, il ne restait plus que Branwell et lui pour garder l'appartement.

L'enquête s'arrêta là.

Heathcliff avait tissé une large toile autour de Crosswind, où il avait piégé de nombreuses personnes. Comme cet inspecteur, qui était du coup devenu son obligé.

J'étais à Ponden Tower lorsque Eleanor réapparut, au soir du troisième jour. Je la fis vite entrer, pleurant de joie de la retrouver saine et sauve.

— Comment va papa ? s'écria-t-elle.

Sa disparition avait aggravé l'état de Daniel. Il était à présent trop faible pour quitter son lit, et je l'entendais appeler Anna chaque nuit – j'avais fini par m'installer à Ponden Tower pour veiller sur lui.

Il ne lui restait plus beaucoup de temps, j'en étais certaine. Eleanor hocha la tête, l'air grave. Puis elle reprit :

— J'ai besoin de ton aide, Sarah. Lorsque j'étais là-bas, j'ai été forcée d'accepter un marché. La ville entière sera bientôt au courant... Mais papa ne doit jamais savoir.

— Quel genre de marché ? demandai-je d'une voix blanche.

Le lendemain, tout était dans les journaux. « L'héritière de l'empire Withens & Ponden renonce à son trône ! » titrait la Tribune de Crosswind. Et la vidéo de la conférence de presse à laquelle Eleanor avait dû se plier tournait en boucle sur les chaînes locales.

Heathcliff avait eu le temps de lui préparer un joli discours, dans lequel elle expliquait qu'elle ne se sentait pas de taille à diriger l'entreprise familiale, préférant se consacrer à ses études.

Heathcliff n'avait plus qu'à attendre tranquillement la mort de Daniel Ponden pour devenir – grâce à son pantin de fils – le nouveau maître de la ville.

Ce qui se produisit deux jours plus tard.

Le jour des funérailles de Daniel, Eleanor et moi fûmes émues de découvrir que le toit de la tour Halifax ne suffisait pas à accueillir tous ceux qui souhaitaient lui adresser un dernier adieu. La foule s'était massée le long des passerelles aériennes et lorsque Eleanor dispersa les cendres de son père dans le vent, des dizaines de mains s'élevèrent de concert, lâchant des fend-la-bise qui montèrent en tournoyant dans le ciel bleu.

Heathcliff débarqua à Ponden Tower une semaine plus tard, tel un conquistador. Eleanor ne se doutait pas qu'en lui abandonnant le contrôle de l'entreprise familiale, elle avait aussi perdu tout droit sur la tour. Des années plus tôt en effet, son père en avait confié la gestion à Withens & Ponden Industries.

Il examina les pièces une par une, s'arrêtant finalement devant les photographies qui décoraient les murs du bureau. Sur l'un des clichés, une Anna encore jeune souriait à l'objectif, ses longs cheveux dansant sur ses épaules.

— J'imagine que tu es heureux, à présent, lançai-je à Heathcliff. Tu as gagné, tout t'appartient...

— Heureux ? répéta-t-il, avant d'ajouter : Assure-toi que cette photo soit rapidement envoyée à Withens Top, s'il te plaît.

Il haussa les épaules lorsque je lui demandai ce qu'il comptait faire de Ponden Tower. Pour sa part, la tour pouvait bien s'écrouler pendant la nuit.

Je pensais qu'il oublierait Eleanor maintenant que son plan était accompli, que nous resterions toutes les deux ici et que je l'aiderais à sortir de ce cauchemar, accomplissant la promesse que j'avais faite à son père. Mais Heathcliff avait conçu d'autres plans pour elle.

— Hors de question d'accueillir des parasites sous mon toit, déclara-t-il sèchement. Si ta protégée souhaite rester, elle devra le mériter et se mettre au travail.

— Que veux-tu qu'elle fasse, enfin ?! m'exclamai-je, exaspérée. Qu'elle descende à la mine, comme toi en ton temps ?

Heathcliff esquissa un sourire.

— Il se trouve que j'ai besoin de quelqu'un pour s'occuper de mon malheureux fiston. Gibus et Branwell refusent de s'en charger. Comment leur en vouloir ? Plus je l'entends geindre dans son lit, plus il me rappelle sa mère... Je te laisse transmettre mon offre à Eleanor, ajouta-t-il. Qu'elle se présente à Withens Top dans la soirée si elle accepte, ou qu'elle disparaisse de cet endroit si elle refuse.

Puis il fit demi-tour.

Il s'apprêtait à quitter l'appartement quand je le vis hésiter.

— Chaque nuit, finit-il par dire, je me réveille en sursaut, persuadé qu'Anna m'observe. J'entends sa voix dans les cris du vent et dans les gémissements du feu, je perçois sa présence par-dessus mon épaule quand j'essaie de lire, je croise son ombre où que j'aille... Elle me hante, me torture, refusant de se montrer quand bien même je l'implore! Et chaque nuit, je monte sur le toit de Withens Top, inspirant l'air à pleins poumons dans l'espoir que ses cendres soient encore là, portées par la brise, et qu'elles entrent en moi. Arrives-tu toujours à croire que je puisse être heureux, Sarah?

Eleanor n'eut d'autre choix que d'accepter sa proposition. Ce soir-là, elle regagna Withens Top et retrouva Harry.

Heathcliff avait tenu sa promesse, il avait enfin fourni des médicaments à son fils.

Mais il était trop tard.

Le vent te prendra
de Locke B. Wood, extrait

Eleanor observait fixement le lit vide. Elle ne voulait plus bouger, plus jamais. Chaque mouvement faisait enfler son mal-être, ébranlant le fragile couvercle qu'elle avait déposé sur ses pensées, laissant s'échapper les plus noires. Dans son dos, quelqu'un poussa la porte et entra en silence dans la chambre.

Elle n'eut pas besoin de se retourner pour savoir qu'il s'agissait de Branwell. Elle reconnaissait son pas lourd et sa respiration, qui semblait ralentir dès qu'il croisait son chemin. Il lui tendit un sac plastique plein de provisions. Biscuits, bonbons et canettes de jus de fruits étaient pourtant introuvables à Withens Top. Branwell avait dû sortir pour les acheter avec ses maigres économies.

— Mange, dit-il d'une voix rauque.

Eleanor ne répondit pas.

Elle ne se souvenait plus de la date de son dernier repas. La faim l'avait abandonnée, elle aussi.

— Mange, répéta Branwell. J'ai apporté tout ça pour toi.

— Et puis quoi ? Tu attends des remerciements, c'est ça ?

Elle avait enfin daigné lui jeter un regard. Il resta figé, incapable d'échapper au faisceau glacé de ses yeux.

— Je veux juste t'aider, Eli...

— Ne m'appelle plus jamais comme ça, répliqua-t-elle. Seuls mes amis ont le droit d'utiliser ce surnom. (Un tremblement la secoua.) Et puis tu veux m'aider ? Maintenant que Harry est mort ? Que mon père est mort ? Bon sang, Branwell, où étais-tu quand Heathcliff m'a forcée à renoncer à tout ce que j'avais ? Où étais-tu quand il m'a séquestrée dans cette chambre, m'obligeant à assister à l'agonie de mon cousin jusqu'à la fin ? Pendant deux jours, tu entends, deux jours, j'ai essuyé le sang qui coulait de sa bouche à chaque quinte de toux ! J'ai vu Harry m'implorer silencieusement parce qu'il ne pouvait plus parler, j'ai vu la terreur dans ses yeux la seconde qui a précédé sa mort... À cet instant-là, j'aurais tout donné pour une miette de compassion... Mais il n'y avait personne.

La silhouette imposante de Branwell se recroquevillait un peu plus à chacune des flèches qu'elle décochait.

— J'ai essayé de te défendre auprès de Heathcliff, dit-il. Je te le jure ! Et quand tu es descendue, après avoir signé ses papiers, et que tu as trouvé les fenêtres du salon ouvertes...

— Il avait promis qu'il me laisserait partir si j'obéissais !

Une grimace désespérée tordit le visage de Branwell.

— Heathcliff voulait te garder jusqu'à la mort de ton père ! Il disait que ça lui apprendrait, qu'il comprendrait ce qu'être abandonné par ceux qu'on aimait voulait dire. Ce n'est pas lui qui a ouvert les fenêtres, c'est moi.

Il l'avait ensuite payé cher, mais Eleanor n'avait aucun moyen de le savoir : les manches longues de son pull dissimulaient les bleus sur ses bras.

— Il te suffisait de prévenir la police, reprit-elle après un silence.

— Elle n'aurait pas bougé. Heathcliff a des contacts là-bas. Pareil avec le notaire, c'est lui qui a rédigé les documents que tu as signés.

Les yeux d'Eleanor se tournèrent vers le lit. Elle pouvait presque y distinguer le corps pâle et raide de Harry...

Elle ne parvenait pas à oublier le soulagement qui l'avait envahie, lorsqu'elle avait compris que son cauchemar était enfin terminé. Elle s'obligea à répéter mentalement l'horrible vérité, encore et encore. La mort de son cousin l'avait libérée des semaines passées à son chevet, et elle s'en était réjouie.

Au fond, Branwell aurait pu déplacer des montagnes pour lui venir en aide, cela n'aurait rien changé. Eleanor ne serait jamais capable de lui pardonner, car elle était incapable de se pardonner à elle-même ce sentiment-là.

— Va-t'en, murmura-t-elle.

Locke

« J'espère que vous la jugerez autrement, maintenant que vous connaissez son histoire. » L'enregistrement de Sarah s'achevait par ces mots. Je les ai réécoutés, encore et encore, avant de parvenir à mettre le point final à la mienne.

Puis j'ai emprunté la passerelle qui menait à Withens Top pour annoncer mon départ à Heathcliff. L'hiver était terminé, mais j'étais incapable de rester davantage. Une tempête de plus, une seule, aurait suffi à me faire basculer pour de bon dans la folie.

Mon logeur n'était pas chez lui lorsque je suis arrivé. Le panneau de la baie vitrée était ouvert. Je suis entré.

— Il y a quelqu'un ? ai-je appelé.

La voix claire d'Eleanor m'a répondu depuis la cuisine. Elle était occupée à éplucher des légumes. Elle portait un tablier semé de trous, un vieux jean et de larges cernes marquaient son visage. Malgré cela, je l'ai trouvée si belle que mon cœur s'est serré.

Je me sentais tellement lâche, moi qui savais tout d'elle, de ce qu'elle endurait dans cet endroit horrible, et qui ne pouvais rien faire pour l'aider...

À l'autre bout de la pièce, Branwell aiguisait la lame d'un énorme hachoir à viande – scène effrayante s'il en est. Tous deux n'avaient apparemment rien d'autre à me proposer que leur royale indifférence.

— Je quitte Crosswind la semaine prochaine, ai-je annoncé. Je souhaitais en avertir monsieur Heathcliff, mais comme il n'est pas là... Pourriez-vous lui transmettre le message ? Je réglerai bien sûr le loyer que je lui dois avant de partir.

Un sourire aussi satisfait que moqueur est apparu sur les lèvres de Branwell. Au même moment, le hachoir à viande a accroché un rayon de soleil, faisant naître un reflet assez aveuglant pour me forcer à baisser les yeux. L'avait-il fait exprès ?

J'aurais toutefois voulu m'en aller sur-le-champ, mais Sarah m'avait chargé d'une mission.

Je me suis approché d'Eleanor.

— Tenez, ai-je murmuré en glissant dans sa main une feuille pliée en quatre. C'est pour vous.

Elle a reculé vivement, comme si je l'avais agressée, et le message est tombé au sol. Un voile de méfiance ternissait son regard.

Après tout ce que Sarah m'avait raconté, je ne pouvais pas lui en vouloir.

— De la part d'une de vos vieilles amies, ai-je ajouté.

Eleanor a tout de suite compris. Elle s'est penchée pour ramasser le message.

Mais Branwell a jailli, plus rapide qu'un fend-la-bise, et l'a attrapé le premier.

— Heathcliff le lira d'abord, a-t-il déclaré en le glissant dans la poche de son sweat-shirt.

Eleanor s'est détournée sans un mot. Cependant, nous avons tous les deux eu le temps d'apercevoir les larmes qui brillaient au coin de ses yeux.

L'expression de Branwell s'est fendillée. Il a hésité une seconde, puis lui a rendu le message en soupirant. Eleanor s'en est emparée et l'a lu avidement. Les mots de Sarah paraissaient ramener un peu de vie et de joie sur son visage de porcelaine froide. Cette simple constatation m'a réconforté. J'avais été utile à quelqu'un au moins une fois durant mon séjour.

— S'il vous plaît, dites-lui que je pense très fort à elle, m'a soufflé Eleanor. Et que moi aussi, je prie le Vent Gris.

J'ai hoché la tête, avant de faire demi-tour et de quitter Withens Top.

Mes valises m'attendaient.

Locke

J'avais placé des centaines de kilomètres entre Crosswind et moi. Peu à peu, les souvenirs des tours émergeant de la brume ont perdu leurs contours, noyés dans la joie de retrouver mon quartier, mes amis, mes habitudes. De temps à autre, mes pensées m'y ramenaient encore. Je songeais à Eleanor, si belle et malheureuse ; à Sarah, qui avait été la seule présence rassurante lors de ce séjour. Je m'étais promis de la rappeler et plusieurs fois j'ai voulu composer son numéro de téléphone. Mais quelque chose en moi s'y refusait, comme si sa voix devait à jamais rester liée à l'histoire de Crosswind.

Cependant, contrairement à ce que je croyais, je n'en avais pas fini avec la ville du Vent Gris.

Je venais d'effectuer la dernière relecture de mon roman quand Anna m'est apparue. Je me suis réveillé au beau milieu de la nuit, tiré du sommeil par un courant d'air glacé. Elle était là, devant moi.

Une brise surnaturelle agitait ses longs cheveux. Sa che-mise de nuit flottait sur son corps bleu, ses cils ourlés de neige ne clignaient plus et elle me fixait en silence. J'ai cru à un cauchemar, mais elle est revenue, encore et encore, jusqu'à ce que je comprenne enfin ce qu'elle désirait.

Alors j'ai pris une enveloppe, j'y ai glissé le manuscrit tout juste terminé et je l'ai envoyé à Heathcliff.

Sa réponse est arrivée quelques jours plus tard, sous la forme d'un colis. À l'intérieur, une carte épinglée sur le cadavre raidi d'un fend-la-bise disait : « Cette histoire m'appartient et je hais les voleurs. » L'écriture était soignée, le cou de l'oiseau brisé.

Il a fallu que je prenne des somnifères pendant un cer-tain temps pour arriver à dormir de nouveau.

Puis j'ai reçu les premières épreuves de mon roman. Si j'en crois mon éditeur, *Le vent te prendra* s'annonce d'ores et déjà comme l'un des succès de la rentrée prochaine. J'ai tenu le livre achevé entre mes mains, je l'ai observé, je l'ai soupesé... Cependant, ce qui aurait dû être un moment de satisfaction s'est révélé être un inconfortable instant de gêne. C'est ainsi que j'ai compris que je retrouverais bientôt Crosswind.

J'avais refermé le livre avant d'avoir écrit la fin de l'his-toire. Quoi de plus paradoxal pour un écrivain ?

Locke

La station de ski où je m'apprêtais à passer les vacances avec des amis était située à une centaine de kilomètres de Crosswind, et je les avais convaincus de faire un bref arrêt en ville. Il fallait que je règle d'anciennes affaires.

Je me suis arrêté devant Ponden Tower, levant les yeux pour revoir le lointain sommet de la tour. Puis j'ai pris une inspiration et j'ai traversé le hall jusqu'à l'ascenseur. Mon ventre s'est noué comme j'attendais à la porte de mon ancien appartement. Mais personne n'est jamais venu : Ponden Tower semblait déserte.

Sarah avait-elle fini par quitter les lieux, cédant au désespoir ? Cette pensée m'a perturbé. Je lui avais apporté un exemplaire du roman. Le lui envoyer par courrier m'aurait paru déplacé, impersonnel…

Je quittais la tour lorsque j'ai croisé un couple. Je les ai aussitôt accostés pour leur demander s'ils connaissaient Sarah. L'homme a acquiescé.

— Vous la trouverez sûrement là-haut, a-t-il ajouté en pointant le doigt sur le sommet de Withens Top.

Quelques minutes plus tard, je frappais à l'unique porte du dernier étage.

J'ai poussé un soupir de soulagement lorsque Sarah m'a ouvert. Ses beaux yeux se sont plissés.

— Locke ? a-t-elle dit.

Des éclats de rire s'échappaient du grand salon. J'ai tendu le cou, intrigué.

Eleanor et Branwell étaient allongés sur le parquet, serrés l'un contre l'autre. La première caressait le plumage fauve d'un grand fend-la-bise aux ailes bandées, tandis que le deuxième feuilletait les pages d'un livre, lisant de temps à autre un passage à haute voix. Tout à coup, j'ai vu Branwell plonger sur sa voisine pour l'embrasser.

J'en suis resté bouche bée.

Eux deux... Ensemble ?

Sarah a souri face à ma réaction.

— Qui l'eût cru, n'est-ce pas ?

— Mais... Heathcliff ?

— Il est mort, a-t-elle répondu avant de m'inviter à entrer.

Abasourdi, je l'ai alors écoutée me raconter la fin de l'histoire.

Le comportement de Heathcliff avait commencé à se modifier quelques mois plus tôt. Il s'enfermait dans sa chambre pendant des journées entières et, lorsqu'il en sortait, il portait sur Branwell un regard étrange, comme s'il voyait quelqu'un d'autre dans les traits du jeune homme.

Sa voix se faisait moins cassante quand il s'adressait à lui, son regard moins froid.

Était-ce à cause du lien qui se tissait lentement entre Branwell et Eleanor ? Car ces deux-là étaient incapables d'éprouver des sentiments aussi définitifs que ceux de Heathcliff. La haine qu'ils se portaient s'évapora bien vite.

Un matin, se levant plus tôt qu'à son habitude, Eleanor trouva Branwell installé devant la cheminée du salon. Il lisait ! Elle fut d'abord stupéfaite – il ne parvenait pas à déchiffrer un mot plus long que son propre prénom. Puis elle reconnut le livre qu'il tenait et elle entra dans une colère noire. C'était l'un des préférés de Harry.

— Comment as-tu osé le lui voler ?! hurla-t-elle. Pourquoi gâches-tu toujours tout avec ton regard de brute idiote et tes mains tachées de sang d'oiseau, hein ? Pourquoi ?

Eleanor se montra aveugle ce jour-là.

Elle n'avait pas compris que Branwell lisait pour lui plaire. Elle ignorait qu'il avait sacrifié une partie de ses nuits pour elle, s'escrimant sur des pages aux lignes serrées et aux caractères minuscules, avec sa bonne volonté pour seul professeur.

Humilié par la réaction d'Eleanor, il bondit sur ses pieds, jeta le livre au milieu des flammes et partit s'enfermer dans sa chambre.

Eleanor s'aperçut qu'elle l'avait vraiment blessé et qu'elle n'arrivait pas à s'en réjouir. Elle décida donc de faire tout ce qui était en son pouvoir pour se rattraper.

Le soir venu, elle frappa à la porte de sa chambre. Branwell refusa d'ouvrir, mais il ne perdit rien des excuses qu'elle lui chuchota par le trou de la serrure. Elle se mit ensuite en tête de lui apprendre à lire. Il l'envoya au diable plus de dix fois. Elle revint à la charge avec toujours plus de douceur et d'opiniâtreté.

Personne n'aurait pu résister à cette offensive de charme. Et personne n'aurait pu être aussi bon élève que Branwell lorsqu'il se décida enfin à accepter sa proposition.

Peu à peu, l'atmosphère de Withens Top se transforma. Heathcliff s'en rendit compte. En conséquence, il traita Eleanor plus durement que jamais, comme s'il la jugeait seule responsable de la situation... Mais Branwell s'enhardit et commença à prendre la défense de la jeune fille. Un soir, pendant le dîner, il tint si bien tête à Heathcliff que celui-ci se leva pour lui infliger une correction. À cet instant, une rafale de vent s'engouffra dans le conduit de la cheminée et balaya la pièce dans un grand bruit.

Heathcliff suspendit son geste.

Il fixa Eleanor et Branwell avec une intensité douloureuse...

Il quitta la table et s'enferma dans sa chambre.

Le lendemain, Sarah retrouva son corps inanimé dans l'ancienne chambre d'Anna. Un froid polaire régnait dans la pièce. L'un des panneaux de la baie vitrée avait disparu et les vents agitaient les rideaux. Heathcliff était allongé sur le petit lit. Une brume grise virevoltait autour de son corps, vivante, brillante...

— Je l'ai vu de mes propres yeux, a déclaré Sarah quand elle a achevé son récit. C'était comme un voile d'argent liquide, qui l'enveloppait tout entier. Puis tout a disparu. Depuis ce jour, il n'y a plus eu une seule mort liée au Vent Gris à Crosswind. De nombreuses rumeurs sont nées. Certains racontent que Heathcliff était à l'origine de la maladie; d'autres que son fantôme apparaît parfois dans la nuit, dansant avec Anna au milieu d'un nuage de brume grise. Je doute que tout cela soit vrai. Mais je crois qu'il a vraiment emporté le Vent Gris avec lui.

Heathcliff avait commencé à changer trois mois plus tôt, avait dit Sarah. La date correspondait avec celle de l'envoi de mon manuscrit. Le fantôme d'Anna avait-il voulu provoquer une prise de conscience?

Peut-être avais-je finalement été utile dans cette ville.

Tirant de ma besace l'exemplaire du roman que j'avais réservé à Sarah, j'ai déchiré avec soin les dernières pages et je les ai glissées dans la poche de ma chemise. La fin que j'avais imaginée me semblait tout à coup misérable. La belle héroïne de cette tragédie n'avait pas eu à attendre qu'un homme surgi d'ailleurs la tire de son cauchemar, elle avait tissé seule la toile de son propre bonheur. Puis j'ai offert le livre à Sarah et je lui ai demandé, avant de partir, si je pouvais emprunter une dernière fois la passerelle.

Il y avait encore un endroit à Crosswind que je n'avais pas exploré.

J'ai marché jusqu'au toit de la tour Halifax où se dressait la chapelle de Crosswind. Sa coupole est taillée dans une fine dentelle de pierre, et le vent passant entre les motifs ciselés change de voix pour devenir un chœur envoûtant.

J'ai tiré de ma poche les quelques pages que je venais de déchirer et je les ai enflammées à l'aide d'un briquet.

J'ai suivi du regard les cendres qui s'envolaient vers l'horizon.

Était-ce mon imagination ? Le soleil dessinait deux silhouettes enlacées à la cime de Withens Top.

Épilogue

Heathcliff poussa la porte de la chambre et se dirigea vers le petit lit superposé qui se dissimulait dans l'ombre grandissante de cette fin de journée. Son corps était lourd, son esprit embrumé, mais il y avait cette force qui le poussait en avant. Il se laissa doucement glisser au sol. Ses genoux heurtèrent le plancher avec un bruit mat. Il enfouit son visage dans les draps, essayant d'y retrouver le parfum d'Anna, mais il n'y avait plus que l'odeur de la poussière et du vide...

À cet instant, la baie vitrée coulissa et le vent s'engouffra dans la pièce.

Il se retourna.

Et son cœur explosa, en une éruption si violente que des fragments de son être s'échappèrent pour jaillir de ses paupières, transformés en larmes.

— Anna ? appela-t-il.

Elle se tenait debout sur la terrasse, pieds nus. Une toge de brume argentée couvrait son corps et des filaments brillants de vent se mêlaient à ses cheveux, accrochant la lumière rouge du soleil couchant.

— C'est le moment, dit-elle.

Heathcliff ferma les yeux pour ne pas voir son fantôme lui échapper encore.

— C'est le moment, répéta-t-elle. Viens avec moi !

Elle s'était approchée jusqu'à le frôler, et bientôt il sentit le contact de sa main sur la sienne. Elle était chaude.

Elle était vivante.

Heathcliff rouvrit les yeux.

Anna sourit, puis la brume d'argent glissa le long de son bras, glissa jusqu'à Heathcliff. Elle l'enveloppa tout entier, l'arrachant au monde dans un grand souffle de vent.

Enfin, ils ne furent qu'un.

Postface
Les Hauts de Hurlevent

C'est par curiosité envers Emily Brontë, son auteur, que j'ai ouvert *Les Hauts de Hurlevent* pour la première fois. Le roman avait été écrit par une jeune femme, et je suppose que je sentais là une forme de proximité. Je me souviens avoir été très agacée par le fait que beaucoup de lecteurs se demandaient comment quelqu'un de si jeune, vivant en plus à l'écart du monde, avait pu écrire un tel roman : comme si, dans le processus d'écriture, les rôles de l'imagination et de l'empathie devaient être écartés au profit de celui de l'expérience.

La lecture fut un choc. Je m'attendais à une romance tiède, j'ai découvert à la place un monde où les sentiments étaient aussi rudes et impitoyables que les vents d'hiver.

Histoire d'amour impossible, *Les Hauts de Hurlevent* met en scène des personnages séparés par leurs propres choix et qui, par égoïsme, jalousie et désir de vengeance, se détruiront eux-mêmes.

J'avais été durablement marquée par le paysage du roman, et c'est à lui que j'ai songé en premier lorsque l'idée d'en écrire un remake m'est venue. Avec ses landes arides et glacées, le décor offre en effet un parfait contre-point aux passions violentes qui agitent et consument les personnages.

Il y avait aussi ce vent, que l'on devinait à chaque page. J'ai tout de suite pensé au mistral, le vent des fous, que mes grands-parents semblaient tellement craindre : un souffle brûlant, qui s'infiltre dans les maisons et retourne l'esprit de ses occupants. Le vent des fous, c'est Heathcliff. Par lui, tout commence et, peu à peu, tout le monde semble contaminé.

En y repensant, cela devenait logique : il me fallait pousser la froideur et l'hostilité de ce décor plus loin encore.

C'est ainsi que j'ai choisi d'ancrer l'histoire dans une ville fictive, Crosswind, prise dans un hiver quasi perpétuel, battue par les tempêtes et la neige.

Le vent y devient un personnage à part entière, qui habite la ville et porte des messages aux vivants.

C'est lui qui, un soir de tempête, semble décider un père de famille à sortir de chez lui pour recueillir un jeune orphelin, et c'est sur son dos que courent les fantômes du roman.

La grande impression de solitude qui émane de ce décor rappelle d'ailleurs celle de Heathcliff, sans famille, sans origine ni identité, qui n'utilisera jamais que son prénom. Même son amour pour Catherine ne l'en sauvera pas : revisité à l'aune d'une des plus célèbres répliques du roman – « Je suis Heathcliff » déclare ainsi Catherine –, il n'est qu'une autre forme d'égoïsme, puisque tous deux n'aiment finalement qu'eux-mêmes.

Se frotter à de tels personnages était un défi, bien sûr. Il y a cependant une modernité étonnante dans le roman, qui en faisait à mes yeux le candidat idéal pour une transposition dans un univers contemporain. Les femmes de Hurlevent sont libres et entières. Coincées dans les carcans de l'époque, parfois piégées, elles continuent toutefois à se comporter exactement comme elles l'entendent, ne changeant pas à moins de l'avoir décidé.

Mais c'est un dernier point, plus marquant encore à mes yeux, qui m'a persuadée de me lancer dans ce projet : la note d'espoir qu'on voit surgir dans les ultimes pages des *Hauts de Hurlevent*, inattendue après tant de drames. Car si Catherine et Heathcliff ont choisi de se déchirer, c'est un tout autre chemin que leurs enfants décident d'emprunter, prouvant ainsi que les destins ne sont jamais tracés d'avance et que l'histoire n'est pas vouée à se répéter.

Même les cercles vicieux peuvent être brisés.

Les histoires d'amour sont éternelles

in love

Ce feu qui me consume

Charlotte Bousquet

À Florence, tout oppose
Armando, le sage étudiant
bourgeois et Violetta, passionnée
d'équitation.
Auront-ils le droit de s'aimer ?

Le choix de Bérénice

Fabien Clavel

De Césarée à Rome l'américaine,
Bérénice trouvera-t-elle l'amour
et la constance chez Titus ?

L'AUTEUR

Née en 1988 à Romans – heureux hasard –, **Camille Brissot** a grandi dans la Drôme, entre les vignes et les vergers. Elle est encore lycéenne lorsque son premier roman, *Les héritiers de Mantefaule*, est publié chez Rageot. Le bac en poche, elle intègre Sciences Po Lyon, où elle suit en parallèle un cursus sur les civilisations asiatiques, puis étudie une année à Édimbourg, en Écosse.

Camille vit à présent à Paris, où elle travaille dans la communication.

Retrouvez la collection

in love

sur les sites www.rageot.fr
et www.livre-attitude.fr

RAGEOT s'engage pour
l'environnement en réduisant
l'empreinte carbone de ses livres.
Celle de cet exemplaire est de :
107 g éq. CO$_2$
Rendez-vous sur
www.rageot-durable.fr

PAPIER À BASE DE
FIBRES CERTIFIÉES

Achevé d'imprimer en France en février 2015
sur les presses de l'imprimerie Aubin
Couverture imprimée par Boutaux (28)
Dépôt légal : mars 2015
N° d'édition : 6208 - 01
N° d'impression : 1501.0297